ペイシェンス

Patience

W・S・ギルバート／著
上村盛人・上岡サト子・山本 薫／訳

溪水社

登場人物

カルヴァリー大佐
マーガトロイド少佐
ダンスタブル公爵中尉
〔近衛竜騎兵連隊士官〕
レジナルド・バンソーン〔肉体派詩人〕
アーチボールド・グロヴナー〔牧歌風詩人〕
バンソーン氏の弁護士
レディ・アンジェラ
レディ・サフィア
レディ・エラ
レディ・ジェイン
〔熱狂的な乙女〕
ペイシェンス〔乳搾りの乙女〕

熱狂的な乙女達および近衛竜騎兵連隊士官達からなる合唱隊

目次

『ペイシェンス
すなわち
バンソーンの花嫁』

第一幕

場面――バンソーン城の外。堀に架かる跳ね橋のほとり、城への入り口。審美風《エステ》の衣装を着た乙女達が舞台のあちこちで身を寄せ合っている。リュートやマンドリン等の楽器を奏で、歌っているが、全員が絶望に打ちひしがれている。アンジェラ、エラ、そしてサフィアが彼女たちの先頭に立つ。

コーラス

恋に悩む二十人の乙女なの、私たちは。
　恋に悩むことしか出来ないの、私たち。
二十年が過ぎ去っても、私たち、
　恋に悩む二十人の乙女なの、やはり。
恋に悩む二十人の乙女なの、私たち。
あなたを死ぬほどに愛しているの。

ソロ――アンジェラ

愛は希望によってつちかわれ、さもなくば死んでしまうというもの――

全員　　　ああ、みじめだわ！

けれども私は愛し続ける、何の希望もないけれど！

全員
　　ああ、みじめだわ！
ああ、憐れなわが身よ、身を潜めて――
嘆きの和音に合わせて繰り返し歌うがいい！
　　ああ、みじめだわ！

コーラス
私たちは皆同じ人に思いを寄せている、
　でもその人は私たちの愛に気付かない。
彼は恥ずかしがり屋で誰にも関心を示さない、
　悲しくて哀れむべきは私たちの運命！
　　ああ、みじめだわ！

ソロ――エラ
さあ、悲しみに乱れる心よ、

さあ、報われた愛の夢を見るのです。
さあ、愚かな心よ、
さあ、固く誓い合った恋人達のことを夢想するのです。
さあ、軽はずみな心よ、
さあ、覚めない夢を見るのです！
そしてその夢の中では
悲しみに心が乱れていることを忘れるのです！

全員　ああ、みじめだわ！

エラ　悲しみに心が乱れていることを忘れるのです！

コーラス　恋に悩む二十人の乙女……

アンジェラ　私たちのこの愛には不思議な魔力がある！　レジナルドを愛する気持ちでは皆ライバルだけれど、私たちの思いが叶いそうにないからこそ私たちは団結できるのよね！

サフィア　不幸な時、嫉妬は溶けてひとつになる。私たちの目と心を虜にするあの人は氷のように冷たく無関心なのに――どうして私たちが競い合う必要があるのかしら？
エラ　彼にとって乙女達の愛は税金と同じくらいに興味をそそるものよ！
サフィア　そうだといいのだけれど！　彼も税金は払うものね。
アンジェラ　それに領収書を大事にするわ！

レディ・ジェイン登場。

サフィア　領収書は幸せだわ！
ジェイン　［突然に］愚かな人達ね！
アンジェラ　なんですって？
ジェイン　わかってないのね！　あの人は恋をしているのよ――しかも激しく！
アンジェラ　でも誰を？　私たちの中の誰でもないわ！
ジェイン　そうよ、私たちの誰でもないわ。不可解な気まぐれで彼は今、村の乳搾りの娘ペイシェンスを愛しているのよ！
サフィア　ペイシェンスですって？　ああ、そんなはずはないわ！
ジェイン　ばかね！　昨日ペイシェンスの搾乳場であの人がスプーンでバターを食べているのを見たわ。今日、彼の気分がすぐれないのよ！

サフィア　でもペイシェンスは今までに人を愛したことがないって自慢しているのよ——自分には愛は謎のようなものだと言っているのよ！　ああ、彼が真剣なはずはないわ！

ジェイン　ほんの気まぐれよ——すぐに冷めるわ。［傍白］ああ、レジナルド、どれほど豊かな輝かしい愛がこのがっしりとした胸に大切にしまわれて貴方を待ち受けているかということに、ただ気付いてさえくれれば、あんな小娘の勝利など実際つかの間のものとなるのに！

　高台にペイシェンス登場。落胆している乙女達を哀れむように見下ろす。

レチタティーヴォ——ペイシェンス

あの方達の熱狂的な恋に常に君臨している愛の神！
ありがたいことに、あなたは私のところにはやってこない！
あなたのお世話にならなくても私は、
　愛に苦しむ高貴な方々よりもはるかに幸せです！

サフィア　［見上げて］ペイシェンスだわ——幸せな子ね！　詩人に愛されるなんて！

ペイシェンス　皆様、ごめんなさい。失礼しました。［立ち去ろうとする］

アンジェラ　　いいえ、いいのよ、こちらへいらっしゃい。あなた、
　　　　　　　恋をしたことがないって本当なの？
ペイシェンス　　　　　確かに本当です。
ソプラノ合唱　とても驚くべきことだわ！
コントラルト合唱　　　　　　　　　　　　　そしてとても嘆かわしいこと！

歌——ペイシェンス

私にはわからないわ、この愛とやらがどんなものなのか、
誰もが経験するけれど、私はまだなの。
愛は皆が言うような優しいものであるはずがない。
もしそうなら、どうしてこの方たちはため息をつくの？

愛は楽しく深い喜びをもたらすものであるはずがない、
もしそうなら、どうしてこの方たちは涙を流すの？
愛は言われているような幸福なものであるはずがない、
もしそうなら、どうしてこの方たちの目は不思議なほどに赤いの？

いたる所でまことの愛が
私以外のすべての人に訪れているのだけれど、
私にはこの愛が何なのかわからない！
　というのも、私はいたって陽気なのに、
　この方たちは夜も昼もため息をついて座っている。
　この方たちと私との隔たりは、
「ファラ、ラ、ラ、ラ！」――と「みじめだわ！」で大違い。

コーラス　そう、この子はいたって陽気……

ペイシェンス　もし愛がイバラならば、それを愚かにも胸に抱き
　大事にする人たちは賢いとはいえない。
　もし愛が雑草ならば、毎日せっせとそれを
　摘み取る人は、なんてお馬鹿さん！
　もし愛が痛みを与えるイラクサならば、
　どうしてそれを胸にしっかりと抱くのかしら？
　そしてもし愛がこのようなものでないのならば、

ああ、なぜあなた方は坐ってむせび泣き、ため息をつくのかしら？
いたる所で……

コーラス　というのも、この子はいたって陽気……

アンジェラ　ああ、ペイシェンス、もし今までに一度も人を愛したことがないのなら、あなたは本当の幸せを知らないことになるわ！〔一同、ため息をつく〕

ペイシェンス　でも本当の幸せを知っている人達って、いつも多くの心配事があるみたい。本当に幸せな人達はあまり具合がよさそうには見えません。

ジェイン　狂喜の超絶性というものがあるのよ——至高の喜悦が急激に強化された状態よ——それを俗物たちは消化不良と勘違いしてしまうの。でも、それは絶対に消化不良なんかではありません——つまりそれは審美的変容なのよ！［他の乙女たちに向かって］おしゃべりはこのくらいにして、行きましょう！

ペイシェンス　待って下さい、お知らせがあります。近衛竜騎兵第三十五連隊がこの村に立ち寄っていて、ちょうど今、こちらに向かっているのですよ。

アンジェラ　近衛竜騎兵第三十五連隊ですって！

サフィア　軍服を着た肉付きのいい人たちのことね！

エラ　近衛竜騎兵なんてどうでもいいわ！

ペイシェンス　おやおや、皆さんはその人達と婚約をしていたのですよ、一年前には！

サフィア　一年前にはね！

アンジェラ　かわいそうに、あなたにはこのようなことは分からないのね。一年前には彼らがとても格好よく見えたとしても、それ以来私たちの好みが精妙なものとなり、認識力が高まったのよ。［他の乙女たちに向かって］さあ、声高らかに朝の讃歌を我らがレジナルドにささげる時間よ。彼のところへ行きましょう。

［乙女らはハープやマンドリンを弾きながら「恋に悩む二十人の乙女なの私たちは」の

リフレインを歌い、二人ずつ城内へ入っていく。ペイシェンスは呆気にとられて彼女達を見ながら、先ほど登場した時に通った高台の岩に登る。］

行進曲。近衛竜騎兵連隊の士官達が少佐に先導されて登場。

竜騎兵達のコーラス

我らが女王陛下の軍人達は
　友情の絆で結ばれている。
戦場では皆
　一緒になって敵と戦う。
母から生れた息子は一人残らず
　戦って、倒れる覚悟が出来ている。
一人にとっての敵は
　我らすべての敵なのだ！

大佐が登場。

歌——大佐

重装備竜騎兵として世に知られ、世間の人気を得ている
この不思議なものを作り上げるレシピをお望みなら、お教えしよう。

歴史上著名なすべての人を取り上げて、今はやりの歌の調べに乗せて、
早口で唱えるのです、すらすらと。

ヴィクトリー号［トラファルガル海戦における旗艦］上のネルソン卿［英国の提督］

の勇敢さ——

策を練るビスマルク［ドイツの宰相］の天才——

フィールディング［英国の治安判事］のユーモア（矛盾しているかもしれないが）——

脳外科手術で穿孔器を使うパジェット［英国の外科医］の冷静さ——

突出した音楽家ジュリアン［フランス生れの指揮者］の科学——

アン女王について書いたマコーレー［英国の歴史家］の才知——

ブーシコー［アイルランドの劇作家・俳優］によって表現されたアイルランド人の悲哀——

マン島のアングリカンチャーチ教区主教のスタイル——

まやかしのないドルセイ将軍［パリで活躍したダンディ］のような粋の良さ——

ディケンズやサッカレー［いずれも英国の小説家］の人を惹き込む物語の力——

ヴィクトール・エマヌエル〔イタリアの国王〕——高原の騎士ペヴリル〔スコットの小説に登場する騎士〕、
トマス・アクイナス〔イタリアの神学者〕、そしてドクター・サッシャーヴェレル〔英国の聖職者・政治家〕——
タッパー〔英国の著作家〕にテニスン〔英国の詩人〕——そしてダニエル・デフォー〔英国の小説家〕——
アンソニー・トロロプ〔英国の小説家〕にミスター・ギゾー〔フランスの政治家・歴史家〕！

この人達の特質の中から融ける要素を取り出して、
鍋か壷に入れて溶かすのです。

それらをグツグツ沸騰させて、浮きかすの部分を捨て去れば、
そこに残るのが重装備竜騎兵なのです。

コーラス　そうだ！　そうだ！　そうだ！　そうだ！
そこに残るのが重装備竜騎兵なのです。

大佐　皆の手本となるような兵士を作り上げるレシピをお望みなら、お教えしよう。

（もし出来るならばということだが）ロシア皇帝の富――

アラゴン王室の血を引くスペイン人の家系の誉れ――

呪いを言いわたすメフィスト［ゲーテの作品に登場する悪魔］の激しさ――

大胆で陽気なウォーターフォード卿［狩猟中に死んだ当時の有名人］の要素が少しあればいい――

一族を代表するロデリック［スコットの作品に登場する人物］の尊大さ――

パディントン署のポラキー刑事［当時の有名な刑事］の鋭い洞察力――

寝椅子に座ったオダリスク［ハーレムの女性］の優美さ――

シーザー［ローマの武将・政治家］やハンニバル［カルタゴの武将］の天才的作戦能力――

食人族を制圧するサー・ガーネット［当時の有名な軍人］のはなれ技――

ハムレット的要素――その要素が少しある「よそ者」［悲劇の登場人物］――

マンフレッド［バイロンの詩劇の主人公］の要素をほんの少し（といってもあまり沢山あってはいけない）――
バーリントン［ロンドンの繁華街］の警邏隊員――リチャードソンの考案した巡回芝居――
ミコーバー氏［ディケンズの小説の登場人物］それにマダム・タッソー［蝋人形館の設立者］！
この人達の特質の中から融ける要素を取り出して、
鍋か壷に入れて溶かすのです。
それらをグツグツ沸騰させて、浮きかすの部分を捨て去れば、
そこに残るのが重装備竜騎兵なのです。

全員　そうだ！　そうだ！　そうだ！　そうだ！
　そこに残るのが重装備竜騎兵なのです。

大佐　さて、以前に我らが勝利を収めた場所にまた戻ってきたぞ。だが、公爵はどこかな？
　公爵登場、もの憂げで意気消沈した様子をしている。

公爵　はい、ここにいるよ！［ため息をつく］

大佐　そら、元気を出して、負けてはいけません！
公爵　ああ、そのことなら、くる日もくる日も公爵であるという不運に生まれついた哀れな人間に、元気を出せと言うようなものだ。
少佐　なんてことを言うのです！　大抵の人間があなたを羨ましく思っているのですぞ！
公爵　羨ましいって？　ねえ少佐、タフィー［砂糖やバターを煮詰めたお菓子］はお好き？
少佐　とても好きです！
大佐　我々は皆タフィーが好きです。
全員　好きです。
公爵　確かに。ほどほどであればタフィーはすばらしいもの。が、タフィーだけを食べて生きていく――つまり、朝食にタフィー、夕食もタフィー、ティーの時もタフィー――つまり、タフィーだけしか好きなものがなくて、タフィー以外のものを差し出されると侮辱されたように思うという状況に、もしあなたが置かれたとすれば――どうだろう？
大佐　確かにそんな状況では、タフィーもつまらないものとなるでしょうな。
公爵　私にとってまさにそのタフィーといえるのが、お世辞、へつらい、卑屈なおだて上げなのだ。そういったものがあまりにも甚だしいものだから、私はとうとう、人は四十五度の角度に頭を下げて生まれて来るのだと思ってしまった！　一体全体、私の中に人がへつらうようなものが何かあるのだろうか！　私は、特に知性的だとか、著しく学究肌だとか、恐ろしく機知に富んでいるとか、並外れて洗練されているとか、例外的なほどに徳が高い人間といえるのだろうか？

大佐　あなたは極めて平凡な若者だ。

全員　平凡です！

公爵　その通り！　まさしくその通り！　私はまさにそのような平凡な人間です！　そう言ってくれて有難う！　そのような状況にもはや耐え切れなくなり、この二流の騎兵連隊に入隊したのだよ。軍隊では時々、冷飯を食わされ、多分、いじめられることもあるだろうと、私は思ったのだ。そう思っただけで嬉しくなり、今ここに入隊したのだ。

大佐　［公爵から目を離して］なるほど。ここに女性達がやってくるぞ！

公爵　あの長髪の紳士は誰だろう？

大佐　誰でしょう。

公爵　乙女たちに人気がある様子！

大佐　確かにそのようですな！

　　バンソーン登場、後に乙女たちが続く。彼女らは二人ずつ、先ほどと同じように歌いながらハープを弾いている。彼は詩作にすっかり熱中している。誰も目に入らないといった様子で舞台を横切り、その後を乙女たちがついて行く。彼女らは竜騎兵に全く注意を払わない――そのことに士官たちは驚き、憤慨する。

乙女たちのコーラス

憂いに沈んだ様子で
　二列になって私たちは一日中歩く――
私たちの愛は叶わないから！
　これほど哀れな人達がいるかしら
　　ただため息をついて、
　ああ、悲しいかなと言うだけの私たちみたいに！

竜騎兵たちのコーラス

さて、これはおかしなことではないのか――あべこべじゃないか？
　全く馬鹿げている――できるものなら説明してくれ。
待ちきれないように飛んできて我々を大事にもてなすかわりに、
　彼女らは皆この憂鬱そうな文人の方を好んでいる。
　　いたずらっぽく我々を見つめ、
　気を持たせるような目線を送り、

我々を見て恥らって顔を赤らめ――扇をひらひらさせたりするかわりに、
実際彼女たちは我々を馬鹿にし、からかい、あざ笑っている！
軍人に対してずいぶんなご挨拶じゃないか！
軍人に対してずいぶんなご挨拶じゃないか！

アンジェラ　神秘的な詩人よ、私たちの祈りを聞いて下さい、
恋に悩む二十人の乙女なの、私たちは――
若い人も裕福な人も、黒髪の人も金髪の人も――
皆同じ名門の出なのです。
そして私たちは貴方を死ぬほど愛している――
恋に悩む二十人の乙女なの、私たちは！

乙女らのコーラス　　そう、私たちは貴方を死ぬほど愛している――
恋に悩む二十人の乙女なの、私たちは！

バンソーン　［傍白――こっそりと］　女嫌いの
文人らしく、

書物に目を通すことに
　我を忘れて没頭しているように見えるが、
僕には彼女らの言葉がすべてはっきり聞こえている、
恋に悩む二十人の乙女なのだ、彼女らは！

士官たち［お互いに］　　彼にははっきりと聞こえている……

サフィア　貴方はとても博学な方ですが、
　ほんの一瞬、並の人間らしくなってください。
貴方が心を奪われている詩から
　高貴な瞳を上げて下さい。
ご覧下さい、恋に悩む二十人の乙女を――
それぞれが跪いているのです！［全員跪く］

乙女らのコーラス　　恋に悩む二十人の乙女……

バンソーン［傍白］　　前に言ったように、

先験的な知識に
僕の心が奪われていると
誰もが確信しているだろうが、
横目で見ている僕には分る
それぞれの乙女が跪いているのが！

士官たち ［お互いに］ 横目で見ている……

アンサンブル

士官たち

さて、これはおかしなことではないのか……

乙女たち

神秘的な詩人よ、私たちの祈りを聞いて下さい……

大佐 アンジェラ！ これはどういうことだ？
アンジェラ おや、私たちには構わないで下さい。軽々しく愛を語る気はありません。
少佐 一体全体、何が貴女たちの心を支配してしまったのだ？
ジェイン バンソーンです！ あの方が私たちを支配されたのです。あの方が来られて、私たちの理想を高めて下さったのです。
公爵　彼がうまく貴女がたの理想を高めてくれたのですと？
ジェイン　その通りです！
公爵　よくやったぞ、バンソーン！
ジェイン　新しい世界に目覚め、絶望的になってうなだれているのです。激しく情熱的になってしまいました。何かにしがみつかないとよろよろするのです！
［この間、バンソーンはすっかり詩作に苦しんでいる様子。乙女たちは苦しむ彼の姿を熱心に見つめている。ついに彼はぴったりの言葉を思いつき、書き留める。一同が安堵する］
バンソーン　できたぞ！　ついに！　できた！
［精神的緊張に耐え切れず、バンソーンはよろよろと大佐の腕の中に倒れ込む］
大佐　気分はよくなったかね？
バンソーン　はい――おや、あなたでしたか――もう良くなりました。詩ができあがりましたが、魂を注ぎ込んで書いていたのです。ただそれだけのことです。言うほどのことではありませんが、一日に三回、起こるのです。［この間に登場していたペイシェンスを見る］　ああ、ペイシェンス！　愛しいペイシェンス！［彼女の手を取るが、彼女は怯えた様子を示す］
アンジェラ　その詩を私たちに朗読していただけませんか？
サフィア　是非お願いします。［一同跪く］
バンソーン　そうしましょうか？
竜騎兵全員　やめろ！
バンソーン　［当惑して——ペイシェンスに向かって］　君が命じるなら読もう！
ペイシェンス　［非常に怯えて］　お好きにどうぞ！
バンソーン　激しくて、不思議で、肉体的なものですが、とても優しく、憧れる気持ちを詠っていて、非常にいいものです。題して、「ああ、空《うつ》ろだ！　空《うつ》ろだ！　空《うつ》ろだ！」といいます。
ペイシェンス　「撃《う》つのだ」って、それは狩りの時の歌ですか？
バンソーン　狩りの時の歌だって？　いや、決してそのようなものではありません。すべてが平凡であることを知って嘆く詩人の心を詠ったものです。それを理解するには、お互いにしっかりと身を寄せ合って、ほのかなユリの花を思い浮かべてください。［乙女たちは言われた通りにし、バンソーンは朗読を始める］——

「ああ、空《うつ》ろだ！　空《うつ》ろだ！　空《うつ》ろだ！」

しぼまずの花アスフォデルに触れて震え、
もだえているしなやかな手足の乙女を
　詩人が賛美した時、
彼はどうやって乙女の苦悩を描くことができよう、
すべてはカロメルで片がつくことを
　充分に知っているときに？

詩人の台座から
恋するコロシントが、狂わんばかりに身を震わせて
　気を失いそうになっているアロエを慕う時、
詩人はどうやって彼らの苦しみを賛美できよう、
彼らが混ぜ物のない下剤薬であることを
　充分に知っているときに？

それが真理というものなのか、つまり、
自然の定めにより

この世には詩的なものは何もないということが？
あるいは自然が関わるあらゆるものの中に
詩的なものが潜んでいて、
コロシントやカロメルでさえ詩的になりえるのというのか？
私には分らない。

［バンソーン退場］

アンジェラ　なんて純粋に快いものなのでしょう！
サフィア　なんて本当に貴重なものなのでしょう！
ペイシェンス　でも、私にはナンセンスのように思えます。
サフィア　ナンセンス、あるいはそうかもね——でもまあ、なんて貴重なナンセンスなのかしら！
大佐　それはそれで結構だが、貴女がたは我々との婚約を忘れているようですが。
サフィア　婚約はありませんわ。あなた方って理想的な最高の方達ではないし、デラクルスカ派［一六世紀のイタリアに設立され、衒学的な詩を書く一派］の詩人でもありません。中世英国風でさえありませんもの。ああ、手遅れにならないうちに中世英国風におなりになって！［士官たち驚いて互いに顔を見合わせる］
ジェイン［軍服を見ながら］赤と黄色！　原色だわ！　ああ、サウス・ケンジントン［審美主義を提唱したラファエル前派の芸術家たちにゆかりのあるロンドンの地区〕とは大違い！

公爵　我々が軍服のデザインをしたわけではないが、どうすれば改良できるのか分りません。
ジェイン　そうでしょうよ。でも、薄地のグレーのビロードで、冷えたグレーヴィ・ソース風のやわらかい光沢をしているものがあるでしょう。それを十四世紀フィレンツェ派の絵に描かれているようなものに仕立て、ヴェネチア風レザーとスペイン風祭壇用レースの飾りを付けて、その上に何か日本的なものとか〔ジャポニズムが審美主義者に愛好されていた〕――何でもいいわ――を付け加えれば、少なくとも中世英国風になるでしょうよ！　さあ行きましょう、皆さん。

［乙女たち、「恋に悩む二十人の乙女なの、私たちは」のリフレインを歌いながら二人ずつ退場。その様子を士官たちは呆気にとられて見る］

公爵　諸君、これは英国の軍服に対する侮辱です——

大佐　ヴィーナスの愛の宮廷でもマルス［ローマ神話の戦さの神］の戦場でも成功を収めてきたのがこの軍服なのに！

歌——大佐

この軍服を初めて身にまとった時、
　鏡を見ながら私は言った、
　「どんな文民も
　　私の姿や形を凌ぐことは
　先ずあり得ない。
　　金のモールは美しいご婦人を魅了する。
　私はそのモールをあり余るほど持っている。
　　そして恋人への愛の告白が、

ヘッセン風［欧州諸国の軍隊が採用したドイツ騎兵隊式軍服様式］になされる時、
どこでも雄弁性を発揮する！」と。
私はそう信じていた。
この軍服を初めて身にまとった時！

竜騎兵のコーラス

ほとんど誰もが思いもかけなかった
偶然によって、
同じことが私の身に起こった、
この軍服を初めて身にまとった時！

大佐　軍服を初めて身にまとった時、私は言った、
「本物の馬鹿でも分ることだが、
すべての美女は
軍服の魅力に直ちに屈することが
自分の義務だと思うだろう。

立派で質素な軍服には ふんだんに金のモールが
あしらわれているのを美女達が目にするだろう」と――
　しかし審美主義を信奉する
　長髪の逍遥派の連中の方が
彼女たちのお好みらしい――
　そんなことは思いもよらなかった
　この軍服を初めて身にまとった時！

コーラス　　ほとんど誰もが思いもかけなかった
　偶然によって、
そんなことは予想もしていなかった、
　この軍服を初めて身にまとった時！

［竜騎兵達は怒って立ち去る］

バンソーン登場。先ほどとは様子が違って、非常にメロドラマ風になっている。

レチタティーヴォと歌――バンソーン

ここにいるのは僕一人、
そしてだれも見ていないな？　よし大丈夫！
では告白しよう
僕はいんちき審美派詩人！

この厳めしい外見は、
ただの
見せかけ！
この冷ややかな笑みは
ただの

狡猾なたくらみ！
この洗練された衣装は
ただの
場違いな高級趣味！

告白しよう！
ユリに対するものうい愛情で僕がメロメロになることは決してない！
なよなよした手足ややつれた頬に喜びを見出すことなどは決してない！
僕はくすんだ緑色は
決して好きではない。
何でも日本風のものに
憧れたりはしない。
ステンド・グラスに描かれているような身振りで
月並みな意見を述べることなど好きではない。
要するに、僕の中世趣味はみせかけ、
人に賞賛されたいという不健全な気持ちから生まれたもの！

歌

たぐい稀なる教養人として、高尚な審美主義者の一員となって明るく輝きたいのなら、
先験的用語の芽となるすべてのものを身につけて、それを至る所に植え付けるのさ。

ヒナギクの上に横たわって複雑な精神状態について新しい表現で語るのだ。
ただの他愛ないおしゃべりでも先験的なものでさえあれば意味などはどうでもよい。

そうすれば神秘的に歩く姿を見て、
皆は言うだろう、
「たとえこの若者が理解不可能な言葉遣いで意見を述べているとしても、
何とまあ珍しく深遠な若者であることか、この若者は！」と。

ずいぶん前に過ぎ去ったとても退屈な昔を雄弁に賞賛して、
アン女王の時代［一七〇二―一七一四年］に文化が最も栄えたことを納得させるのだ。
もちろん新鮮で新しいものをことごとく馬鹿にして、粗雑でみすぼらしいと断言するのだ、
ジョゼフィーヌ皇后の文化的な宮廷時代［一七九六―一八一四年］に芸術が急に停滞したから
と言うのだ。

そうすれば神秘的に歩く姿を見て、
皆は言うだろう、
「私には十分だと思われるものがこの彼には十分でないとしても、
何と教養あふれる青年なのか、この青年は！」と。

それから、植物風の感傷的な情熱でけだるい憂鬱を刺激しなければならない、
内気で若いポテートやあまりフランス風でないフランス豆［サヤインゲン］をプラート風に愛

するのだ！
俗物どもがひしめいているけれども、高尚な審美主義の使徒になれるのだ、
中世風のいでたちで、ケシやユリの花を手にしてピカデリーの通りを闊歩すればね。
そして花を持って歩く姿を見て、
皆は言うだろう、
「私の趣味には合わないが、植物を愛することに彼が満足しているとしても、
何とまあ特別に純粋な若者であることか、この若者は！」と。

歌の終わりにペイシェンス登場。バンソーン、彼女を見る。

バンソーン　ああ！　ペイシェンス、こちらにおいで。君が気に入っているんだ。他の何を見ても空っぽだと思う辛らつな人間でも君のことは気に入るのだよ。というのも、君は空っぽではないからね。そうだろう？
ペイシェンス　ええ、ご心配なく。食事は済ませました。でも——ごめんなさい——あなたのお邪魔をしてしまって。
バンソーン　人生はお邪魔だらけさ。悩める魂は孤独を切望しているのに、邪魔が入って苦しめられるのだ。ああ、僕の心は疲れている！　ああ、僕は呪われた存在だ！　行かないでおくれ。

ペイシェンス　本当に、ごめんなさい——

バンソーン　教えておくれ、君には何か切望《せつぼう》しているものがあるかい？

ペイシェンス　［誤解して］私は生きるのに欠乏《けつぼう》してはいませんわ。

バンソーン　［イライラして］いや、そうではなくて！　心が飢えているということがどういうことかわかるかい？　名状し難きものを切望しているのに、毎日退屈な掛け算と向き合わねばならないということがどういうことか分るかい？　大海を探しているのに水溜りしか見つけないということがどういうことか分るかい？　——嵐を求めているのに、ふいごを使うことでせいぜい満足しなければならないということが？　僕はまさにそのような状態なのだ。ああ、僕は呪われた存在だ！　行かないでおくれ。

ペイシェンス　すみません、おっしゃっていることがよく分りません——なぜか怖くなります！

バンソーン　怖がらないでおくれ——これはただの詩だよ。

ペイシェンス　そのようなものが詩であるのなら、私は詩が好きではありません。

バンソーン　［真剣に］そうなのかい？　［傍白］彼女を信頼できるかな？　［声に出して］ペイシェンス、君は詩が好きではない——それでここだけの話だが、僕も詩は好きではないのだ。中身がなく、見かけばかりで——満足できるものではない。手に入れることができないのが分っているのに、どうして理想郷を切望するのだ？　たとえ手に入れたとしても、建設用地として貸し出すしかないと分っているのに？

ペイシェンス　あの、私は——

バンソーン　ペイシェンス、ずっと君のことを愛していたのだ。秘密を打ち明けよう。僕は見た目ほどの胆汁質の気難し屋ではないのだ。君が望むならこの長い髪を切ろう。ちょっと見ただけでは想像もできないような無邪気な面白いところが僕にはあるのだ。君は僕が陽気にふざけているところを見たことがないだろう。いい子に——とてもいい子になって聞いておくれ——そうすればいつかきっと分るだろう。もし君が気まぐれで面白おかしい世界を好むなら——いくらでもお見せできるよ。

ペイシェンス　はっきり申し上げますが、愛のことに関して私は何も知らないのです。大叔母以外に人を愛したことはありません。でもこれは確かなことですが、どのような状況になっても、あなたを愛することはありません。

バンソーン　ああ、そうなのかい？

ペイシェンス　それは全く確かです。全く。本当に。

バンソーン　よく分った。これからの人生は空白だ。どうなったってかまわない。ただ僕の告白を非難しないようにとお願いするだけだ。君は僕を嫌うが、他の若い娘たちの間では僕は極めて人気者なのだよ。

ペイシェンス　私にはかまわず、二度とこの話題を蒸し返さないことをひたすらお願いします。

バンソーン　分ったよ。傷心の一人寂しくわれは行く。［朗誦］

「ああ、逃れたい
　この暗い悲しみの修羅の巷から。
ここでは、低俗な今日の土くれが
　つまらない明日の土となるのだから！」
これはちょっとした僕の作品だ。タイトルは「心の泡」だよ。発表する気はない。さらばだ！
ペイシェンス、ペイシェンスよ、いざさらば！

［バンソーン退場］

ペイシェンス　一体どういうことなのかしら？　なぜあの方は私を愛するのかしら？　なぜ私に愛するようにって言うのかしら？　親類でもないのに！　なんだか怖いわ！

アンジェラ登場。

アンジェラ　おや、ペイシェンス、どうしたの？
ペイシェンス　レディ・アンジェラ、二つのことを教えてくださいな。第一に、皆を混乱させるこの愛って一体何ですか？　そして次に、愛と狂気はどうやって見分ければよいのですか？
アンジェラ　かわいそうに何も知らないのね！　ああ、愛の神なるエロスよ、この子をお許し下さい！　あのね、愛はあらゆる情熱の中で最も本質的なものなの！　純粋の権化、洗練を抽象したものなの！　この貪欲な欲望渦巻く世の中で、唯一の利己的でない感情なのよ！
ペイシェンス　ああ、なんてことかしら！［泣き始める］
アンジェラ　なぜ泣くの？
ペイシェンス　これまでずっとそのように高貴で利己的でない情熱を経験せずに生きてきたと思うと泣けてくるのです！　ああ、何て悪い娘なのでしょう、私は！　愛って本当に利己的でないものなのですね？
アンジェラ　そうですとも！　我欲に毒されているような愛は少しも愛とは呼べません。ああ、とにかく人を愛するように心がけるのよ！　すべての思いを捧げて専念すれば、愛することはそれほど難しくはありません。
ペイシェンス　では直ちに始めることにします。誰かを深く愛するまでベッドに入らないことにします。
アンジェラ　立派だわ！　でも本当に誰も愛したことがないの？
ペイシェンス　実は一人だけ愛したことがあります。
アンジェラ　まあ！　誰を？

ペイシェンス　大叔母ですわ――
アンジェラ　そういうのは数に入らないのよ。
ペイシェンス　では、誰のことも愛したことはありません。すくなくとも――いいえ、誰も。赤ん坊の時からあとは誰も。でもあれは数のうちには入らないのでしょうね。
アンジェラ　さあ、どうかしら。詳しく教えてちょうだい。

デュエット――ペイシェンスとアンジェラ

ずいぶん昔――多分十四年前のこと――
　まだほんの幼い四才だった頃、
遊び相手がいました、
　その子は一つか二つ私より年上でした。
類いまれなる美しさを備えた子供で
すばらしい瞳とすてきな髪の持ち主で、
子供だった私の目には
その子はまさに理想像でした！
　ああ、どのように愛し合っていたことか、その子と私は！

子供時代のその喜びは何と純粋だったことでしょう！
私たちの愛は何と誠実だったことでしょう――ところで
その人はかわいい男の子だったのです！

アンジェラ　ああ、昔からよくあるキューピッドの仕業というものね！
そんなことだと思っていたわ――そんなことだと思っていたわ！
その人は本当にかわいい男の子だったのね！

ペイシェンス　［ショックを受けて］どうか私の言葉を誤解しないで下さい――
いいですか、どうか――忘れないで、どうか、
その人は幼い《かわいい》男の子だったのです！

アンジェラ　もちろんよ！　しかし、どんな言い方をしても、
興味深い事実は残ります――
その人は可愛い男の子だったのね！

アンサンブル　{ああ、そうです、私が
もちろんよ！　あなたが} どんな言い方をしても……

［アンジェラ退場］

ペイシェンス　私の今のぞっとするような状態のことを考えるととても恐ろしい！　愛が義務だとは知らなかったわ。道理で皆がとても不幸に見えるわけだわ！　絶対に私自身、自分みたいな女の子とは付き合いたいとは思わない。立派であるとは言えないもの。すぐに出かけて行って愛することにしましょう――［グロヴナー登場］誰だか知らないあの人を！

デュエット――ペイシェンスとグロヴナー

グロヴナー　どうか、かわいい娘さん――どうか、本当のことを言っておくれ
（ヘイ、哀しいよ、ウィロー、ウィロー、ウェイリー！）
君を追いかけまわす恋人がいるかい？
ヘイ、ウィロー、ウェイリー、オー！
教えておくれ

君に恋人がいるのかどうか?
ヘイ、ウィロー、ウェイリー、オー!

ペイシェンス　私の心は陽気で自由——
（でもこの方は悲しいのだわ、ウィロー、ウィロー、ウェイリー!）
私が好きな人は愛を求めに来ない——
ヘイ、ウィロー、ウェイリー、オー!
私が好きな人は
愛を求めに来ない——だから、
ヘイ、ウィロー、ウェイリー、オー!

グロヴナー　どうか、かわいい娘さん、結婚してくれるかい?
（ヘイ、希望が持てるぞ、ウィロー、ウィロー、ウェイリー!）
先に言いたいことは、僕がお金持ちだということ——
ヘイ、ウィロー、ウェイリー! オー!
僕はお金が大嫌いだが、
多くの人はそれをありがたがる。

へイ、ウィロー、ウェイリー！　オー！
ペイシェンス　結婚したいとは思いますが――
（ヘイ、希望が持てるわ、ウィロー、ウィロー、ウェイリー！）
まだあなたのことをよく知りませんので、お断りせねばなりません。
へイ、ウィロー、ウィロー、ウェイリー！　オー！
ほかのお嬢さんにあたってくださいな――
私はあなたのことをよく知りませんので。
へイ、ウィロー、ウィロー、ウェイリー！　オー！
グロヴナー　ペイシェンス！　僕のことがわからないのかい？
ペイシェンス　わからないですって？　ええ、確かにわかりませんわ！
グロヴナー　十五年経ってそんなに僕が変わってしまったのだろうか？
ペイシェンス　十五年ですって？　どういうことなの？
グロヴナー　幼友達のアーチボールドを忘れてしまったのかい？　――幼なじみだったじゃないか？　ああ、時の神クロノスよ、これはあまりにもひどい！
ペイシェンス　アーチボールドですって！　まさか？　さあ、よく見せて！　確かに！　確かに！　まちがいない！　ああ、何て私は幸せなのかしら！　もう二度と会えないと思っていたわ！　そしてずいぶん大きくなったわね！
グロヴナー　そうさ、ペイシェンス、あの頃よりずっと背も伸びたし、体格もよくなったよ。
ペイシェンス　それにあなたはとても良くなったわ！
グロヴナー　そうだよ、ペイシェンス、僕はとても美しいんだ！［ため息をつく］
ペイシェンス　でも、そのことであなたが不幸になるなんてことはないでしょう。
グロヴナー　いや、ペイシェンス。恐らくこの世に比べるもの無き美貌を僕は与えられているのだけれど、それでも、僕はまったく完全に惨めなんだ。
ペイシェンス　あら――でもどうして？
グロヴナー　君に対する僕の子供時代の愛が消えることは決してなかった。それで、僕と出会うすべての女性が、ひと目で狂わんばかりに僕を愛するようになるというのが僕の恐ろしい運命だと言えば、このひどい状況が君にも理解できるだろう！
ペイシェンス　でも、あなたってどうして自分をそんなに絵のように美しく見せようとするの？　変装したり、わざと醜い姿になったりして、そのような苦しみから逃れるようなことをどうしてしないの？
グロヴナー　いや、ペイシェンス、それはできない。この天賦の美貌――確かに、僕にはうんざりするものなのだけれど――これは、世の人の喜び楽しみとなるものとして、僕に与えられたものなのだ。僕は「美」の管財人で、だから、僕に託された美をそのまま、きちんと人々に与えるようにするのが僕の務めなのだよ。
ペイシェンス　そして、あなたも詩人なの？
グロヴナー　そう、僕は「単純素朴の伝道者」で、「すべて正しきアーチボールド」と呼ばれている。——それは僕が絶対に過ちを犯さないからだ！
ペイシェンス　そのようなあなたが私みたいな娘を愛してくれるなんてこと、ありうるのかしら？
グロヴナー　そうだよ、ペイシェンス、不思議だとは思わないかい？　この十五年間というものずっと僕は、十四世紀のフィレンツェの人のような激しい情熱で君を愛し続けていたのだよ！
ペイシェンス　まあ、驚くべきこと！　私はこれまでずっと、愛の呼びかけには耳を貸したことはなかったの。愛ってどういうものなのか今やっと判った気がするわ！　愛の世界が今、私に示されたのだわ——つまりそれは、アーチボールド・グロヴナーなのね！
グロヴナー　そうだよ、ペイシェンス、その通り！
ペイシェンス　［夢うつつの状態で］私達って、決して、決して別れることはないのね！
グロヴナー　僕たちは死ぬまで一緒に暮らすのだよ！
ペイシェンス　私、そのことを誓うわ！
グロヴナー　僕たち二人とも、誓うんだ！

ペイシェンス　［急に彼から離れて］でも――ああ、ひどいこと！
グロヴナー　どうしたの？
ペイシェンス　あなたって、完全なのよね！　あなたを知る人にとっては無限の歓喜をもたらすのね！
グロヴナー　そうだよ。それで？
ペイシェンス　それじゃ、何てことかしら、そんなあなたを私が愛したら、私はまったく自分勝手な利己的な人間ということになるわ！
グロヴナー　何ということだ！　そのことについて僕は考えたこともなかった！
ペイシェンス　すべての女性が思いを寄せる美貌の主を一人占めするなんて！　とても許し難いことだわ！
グロヴナー　本当に、そういうことになるね！　ああ、完全な人間であるという僕の運命よ、またしてもお前は、僕の幸せの邪魔をするのだ！
ペイシェンス　ああ、あなたが少しでも、これほどに美しくなければいいのに！
グロヴナー　そうだね。けれど、正直言って、僕は美しいことを認めなければならない。
ペイシェンス　私達のすべきことははっきりしている。私達は別れなければならない、永遠に！
グロヴナー　ああ、悲しいことだ！　だが、君の決心の正しさについては疑問の余地はない。さようなら、ペイシェンス！

ペイシェンス　さようなら、アーチボールド！　でも、待って！
グロヴナー　うん、どうしたのだ、ペイシェンス？
ペイシェンス　このようなあなたを愛することはできないけれど——だってあなたは完全なのですもの——だけど、あなたがこの私を愛することはまったく構わない。私は不器量で、平凡で、魅力なんかないもの！
グロヴナー　そう、その通りだ！
ペイシェンス　あなたのような男性が私のような娘を愛しても、決して利己的ではありませんよね！
グロヴナー　そう、決して利己的ではない！

デュエット——ペイシェンスとグロヴナー

ペイシェンス　あなたとの結婚はとても利己的ということになるだろうけれど——
グロヴナー　ああ、僕は悲しいよ——ウィロー、ウィロー、ウェイリー！
ペイシェンス　でも、あなたは私を愛し続けても構わない——
グロヴナー　ヘイ、ウィロー、ウェイリー！　オー！
二人　世間を無視して、

あなたは
僕は
｝熱愛し続けるのです――

ヘイ、ウィロー、ウェイリー！　オー！

［歌い終えると、絶望的な様子で、それぞれ正反対の方向に退場］

フィナーレ――第一幕

バンソーン登場。薔薇の冠を着け、全身を花輪で覆われ、とても惨めな様子をしている。アンジェラとサフィアが彼を引っ張ってくる（二人のそれぞれが、彼を縛り付けている薔薇の花輪の端を握っている）、その後に乙女達の列が続く。彼女達は古典的な舞を舞い、シンバルやダブル・パイプやその他の古風な楽器を奏でている。

コーラス

陽気にシンバルを鳴らしましょう、

パン（牧神）のように楽しく笛を奏でましょう。
妖精、ダフネのように、軽やかに、
陽気で古典風のステップを踏みましょう。
みんなの胸が希望で高鳴っています、
それは、皆が興奮している今日の集まりで、
気まぐれな運命の女神によって我らがバンソーンの
花嫁となる人が決まるからなのです！

大佐、少佐、そして公爵に先導されて竜騎兵達が登場。今、目の前で行われている成り行きに驚く。

竜騎兵達のコーラス

どうかお願いだ、教えておくれ、
どうして彼女らが君をこのように飾り立てるのか——
ああ、詩人よ、一体全体——
君は何をしたのだ？

公爵　法の裁きによる、
いけにえの儀式の、
始まりのようだ、
　でもどうして君は逃げないのだ？

大佐　彼女らが君をしょっ引いて来たのは
君を絞首刑や、打ち首にしたりするためではない。
また彼女らすべてが君と結婚することもできないぞ、
　不運な奴だ！

竜騎兵達のコーラス

どうかお願いだ、教えておくれ、
どうして彼女らが君をこのように飾り立てるのか——
ああ、詩人よ、一体全体——
　君は何をしたのだ？

レチタティーヴォ――バンソーン

我が愛するペイシェンスの残忍さに心破れた僕は、
　ここにいる弁護士の忠告により、
　　［と言って彼の弁護士を紹介する］
援助――つまり、価値ある慈善事業を援助するために、
　皆のくじ引きの賞品になることにしたのです！

乙女達　　弁護士の忠告により
　　　　　　彼は皆のくじ引きの賞品になることにしたのです！
竜騎兵達　ああ、ひどいことだ！　弁護士の忠告により
　　　　　　彼は皆のくじ引きの賞品になることにしたのだ！
乙女達　　ああ、その弁護士に神の祝福がありますように！
竜騎兵達　その弁護士にひどい呪いが掛かればいい！

［弁護士は、竜騎兵達の呪いに恐れをなして、舞台から退散する］

大佐　皆さん、お願いだ、待っておくれ、
　我々の望みが断たれるといけないから。
ご覧の通り、目の前に
　貴女方が結婚の約束をした男達がいるのです！

竜騎兵達のコーラス

待っておくれ、お願いします、
我々は貴女方を崇めています。
我々に貴女方は愛の誓いをされました、
一緒になるという誓いを――
　待っておくれ、お願いします！

ソロ――公爵

貴女方の乙女の心を、ああ、無情にしてはいけません
哀れな声を出して訴えているのですから。
そのような行いは英国の兵士には辛く感じられるのです。
[竜騎兵達に向かって傍白]　ため息、ため息、皆、ため息をつくのだ！　[皆、ため息をつく]
剣をかざす敵に対して、英国兵士が跪くのを
見ることはまずありません。
だがしかし、貴女方には一人残らず膝まずくのです――
[竜騎兵達に向かって傍白]　膝、膝、皆、膝まずくのだ！　[皆、跪く]
我が国の兵士達が声を出して泣くことはまずありません。
だがしかし――理由を言う必要はもはやありませんが――
涙の露が兵士達の眼に生じるのです！
[竜騎兵達に向かって傍白]　泣け、泣け、皆、泣くのだ！　[皆、泣く]

アンサンブル

我が国の兵士達が声を出して泣くことはまずありません。
だがしかし——理由を言う必要はもはやありませんが——
涙の露が兵士一人一人の眼に生じるのです！
　　泣いて、泣いて、皆が泣いているのです。

バンソーン［兵士達の訴えをずっとじれったそうに聞いていたが］

さあ、いらっしゃい、せっせと買っておくれ、
恥ずかしがることも、また怖がることもありません。
くじ引き券をせっせと買うのです。
　半ギニーを投資すれば、夫が手に入るかもしれないのですよ——
青磁や白磁の陶器について、古い東洋のものから——
現代のテラコッタの陶器にいたるまで、目利きができる貴女方——
半ギニーを投資すれば——夫がくじで手に入るかも知れないのですよ——
　このような機会は二度とないかも知れません。

コーラス　　青磁や白磁の陶器について……

［乙女達が券を買うために群がってくる。その間、竜騎兵達は無関心を装うために、一列になって舞台の周りで踊る］

竜騎兵達　我々は見捨てられた、そうなのだ、
だが、我々は気にしない――気にしない！
海に魚がわんさかいるように、確かに、
またチャンスが巡ってくる、
そしていつか我々にも幸運がやってくる、
だから、我々は気にしない――気にしないのだ！

［この間に乙女達は次々に券を買う。最後にジェインが前に出てくる。バンソーンは彼女を見て、不快感を示す］

レチタティーヴォ

バンソーン　それであなたも券を買われるのですか？
ジェイン　［驚いて］もちろんですとも、そうしない理由がありますか？

バンソーン　［傍白］ ああ、運命よ、これはひどい！ ［声を出して］ 皆さん、目隠しをして下さい。
二分も経てば、誰が当たりくじを得たのか判ります！ ［乙女達が目隠しをする］

乙女達のコーラス

ああ、運命の女神よ、私の恋い焦がれる心に幸運をお恵み下さい！
私達と同様に目隠しされていても、あなたには見えるのです。［各々が片方の目の覆いを外す］
ほらこのように覆いを押し上げて、ご覧になって下さい、
そして、当たりくじを、当たりくじを私にお与え下さい！ ［乙女達は再び目隠しをする］

バンソーン　さあ、レディ・ジェイン、どうぞ、あなたが最初に引いて下さい！
ジェイン　［喜んで］ 彼は私を一番愛しているのだわ！
バンソーン　［傍白］　最悪の場合を知りたいのだ！
［ジェインが袋に手を入れてくじを引こうとする。ペイシェンスが登場し、彼女の行動を妨げる］
ペイシェンス　止めて！ 手を動かさないで！

全員　［目隠しを外して］このような妨害をするのは、どうしてなの？
　この図々しい娘を、どうか、立ち去らせて下さい！
ジェイン　立ち去りなさい、乳搾りに行きなさい！
バンソーン　［突然に］彼女はくじの券が欲しいのだ！　さあ一ダース取りなさい！
ペイシェンス　いいえ、そうではないの！

ソロ――ペイシェンス　［バンソーンに向かって跪きながら］

もしもあなたの胸に、後悔しているこの哀れな娘を、
　つまり、悔やむ気持ちでいっぱいで、
心から後悔しているこの人間を
　許して下さる気持ちがあるのなら、
もしもあなたがまだ、このような身分の低い人間と結ばれたいと
　望んでおられるのなら、
どうか私をめとって下さい、
　私はあなたの花嫁になります！

全員　ああ、何と恥知らずな！
　ああ、何と厚かましい！
立ち去りなさい、
　さっさと消えておしまい、
何と恥知らずな！
　厚かましい娘よ！

バンソーン　愛は何と強いことか！　これまで何週間もの間、
彼女は僕を一途に愛していたのに、口に出すのを恐れていたのだ。
だが、自然の愛情が、これまで強く抑制していた作為の
束縛を断ち切った――そして僕らは結ばれる！

ペイシェンス　いえ、バンソーン様、そうではないのです――違います。
どうか――私の説明をお聞き下さい！

歌――ペイシェンス

ペイシェンス　まことの愛とは一途に思い詰めるもの――
バンソーン　　まさにその通り！
ペイシェンス　自分勝手な気まぐれとはかけ離れたもの――
バンソーン　　まさにその通り！
ペイシェンス　利益とか喜びとか、そのようなつまらない思いに
　　　　　　　乙女の心が関わってはいけないのです――
　　　　　　　まことの愛に混じり気があってはいけないのです。
全員　　　　　　まさにその通り！
ペイシェンス　偽りの詐欺行為は軽蔑されることになります――
大佐　　　　　　まさにその通り！
ペイシェンス　盲目の虚栄心は仲たがいの種になります――
少佐　　　　　　まさにその通り！
ペイシェンス　だから、［バンソーンを指差しながら］あなたを
　　　　　　　一途に愛する乙女は、決して利己的な動機で
　　　　　　　行動しているとは言えないのです――
全員　　　　　　まさにその通り！

サフィア　あなたはこの恥知らずな娘と結婚するつもりなの？
アンジェラ　他の女性にはあなたとの結婚のチャンスはないの？
バンソーン　［断固として］まったくありません！［と言ってペイシェンスを抱擁する］
［ペイシェンスとバンソーン退場］
［アンジェラ、サフィア、そしてエラが、大佐、公爵、そして少佐の手を取って連れてくる、他の乙女達は他の士官達をうっとりと見とれる］

六重唱

随分前に死んでしまった遠い昔の古い愛の
　優しい声のこだまが聞こえてくる――
私の悲しい心に、「喜びなさい」と囁いている――
　最後の悲しい涙が流れ去ったのです――
喜びのなかった苦しみが、苦しみのない
　喜びに変わるのです。

そして、この心が遠い昔の古い愛から再び
　さ迷い出ることは決して決してありません。

［乙女達が士官達を抱擁する］

コーラス　　そうなのです、喜びのなかった苦しみが……。［抱擁する］

ペイシェンスとバンソーン登場。

［竜騎兵と乙女達が抱擁し合っているところに、グロヴナーが本を読みながら登場する。周りの人々のことにまったく気付かずに、本を読みながらゆっくりとやってくる。乙女達は全員が奇妙にも彼に惹きつけられる、そして竜騎兵達から少しずつ遠ざかる］

アンジェラ　このかたは誰なのかしら？　神様のような優雅な身のこなしは
　高貴な家柄の出であることを示しています。
このかたは誰なのかしら？　雄々しいお顔に
　悲しみの跡が残っているのは興味深いことです。

アンサンブル――全員

そう、このかたは誰なのかしら……。

グロヴナー　僕は傷心の吟遊詩人、
審美的な精神と、純粋な趣味の持ち主です！
アンジェラ　審美的！　この方は審美的な人なのだわ！
グロヴナー　ええ、そうです――僕は審美的で
しかも詩を作る人間なのです！
女性全員　それなら、私達はあなたを愛します！
［乙女らは竜騎兵達から離れ、グロヴナーの周りに群がって跪く。ライバルが現れたことを知って、バンソーンは怒りに燃える］
竜騎兵達　彼女らは彼を愛している！　ひどいことだ！
バンソーンとペイシェンス　彼女らは彼を愛している！　ひどいこと！
グロヴナー　彼女らは僕を愛している！　ひどい！　ひどい！　ひどいことだ！

アンサンブル――全員

乙女達

ああ、私達が愛を告白するのをお聞き下さい、
言葉ではうまく言い表すことができないのですが。
貝殻のような耳を、ああどうか、閉ざさないで下さい、
打ちひしがれた愛の悩ましい苦悩の訴えかけに対して！

グロヴナー

またしても、僕の呪われた美貌が
望みなき苦痛と苦悩を広げるのだ！
ああ運命の女神よ、どうか耳を閉ざさないで下さい、
僕の耐え難い苦悩の訴えかけに対して。

ペイシェンス

レジナルド、お聞き下さい、利己的なところは
まったくない愛を私が告白するのを。
利己的でないことは、神様はご存知ですが、
あなたが疑われることはありませんよね、きっと？

バンソーン

僕が嫉妬していることを口に出しては言えない、
彼女らは自分達の愛を公然と告白しているのに。
貝殻のような耳を彼は閉ざしてはいない、
彼女らが一斉に呼びかける苦悩の訴えかけに対して。

竜騎兵達　　さて、これはおかしなことではないのか……。

第一幕、終了

第二幕

場面――木立のある空間。ジェインがチェロに身を寄せている。しばらくして楽器を奏で始める。乙女達の歌声が彼方から聞こえる。

ジェイン　節操のないあの人達はレジナルドを見捨てて、みんな彼のライバルに忠誠の誓いを立ててしまったわ。彼が乳搾りの小娘を見染めたからと言って！　愚かな人たち！　そんな一時の気の迷いに彼はすぐ厭きてしまうでしょうに――その時には、あの人一筋に生きてきたこの私が、独り占めにするってことよ。でも、レジナルド、あまり長く待たせないでね。私の魅力は今が盛りなのよ、レジナルド、そしてその魅力がすでに衰え始めているのよ。手遅れになる前に、私を手に入れたほうが賢明だわ！

レチタティーヴォ――ジェイン

毎年、美貌が一つ一つ失せていくのを
見る女の定めはとても哀しいもの。
心から出てくる彼女のため息にうんざりして、
「時の翁」は「彼女の目を霞ませ」始めるのです！
遂に、あてどなき人生のたそがれに追いやられて、
きちんととっておいた「残り毛」で、皺のよった額を飾り、
頬紅、口紅、そして白粉をはたいて、
精いっぱい、失われた時を「取り繕う」のです！

歌――ジェイン

緑の黒髪は白くなり、
　真っ直ぐな分け目が広がり、
美しい顔もシミが被い、
　若い頃の軽やかな足取りものろくなり、

弾けるような笑いも空しく、
　澄んだ瞳にも眼鏡が必要になり――
昔の私を偲ばせるものはなくなるでしょう、
　やがてやってくる未来には！

細い腰は、消えうせて、
　形の良かった手足は、不恰好になり、
コルセットの紐できつく縛っていても、
　整っていた体形は広がっていくのです！
前よりずっと頑丈になって、
　ますます、重みを増して――
いまに手に負えなくなるでしょう、
　やがてやってくる未来には！

［ジェイン退場］

グロヴナー登場。乙女達が二人ずつ続くが、第一幕のようにそれぞれが、古風な楽器を演奏している。第一幕でのバンソーンのように、彼は一心不乱に読書をしていて、乙女達には目もくれない。

乙女達のコーラス

こちらを、ああ、こちらを向いて、
微笑みを、ああ、やさしい微笑を与えてください。
悲しみの極地のような眼差しで、
　哀れな、気絶しそうな私たちの心を魅了してください！
乙女らが慈しむその瞳を
　貴方の賛美者達に見つめさせてください。
さもなくば、すべてを焼き尽くすそのまぶしい眼差しで
　直ちに賛美者達を死なせてください！

［彼は座り——乙女達が周りに集まる］

グロヴナー　［傍白］昔からよくある話だ。この乙女らは、どれほど一途に僕を愛していることか、そして、どれほど望みなきことか！　ああ、ペイシェンス、心から愛するペイシェンスよ、僕に夢中のこの哀れな乙女らのために、何の役にも立たない憐れみをかける以外に僕にできるこ

とがほかにあるのだろうか？　ああ、悲しいことだ！　君への望みなき愛ゆえに僕が死ぬように、この乙女らは僕への望みなき愛のために死ぬのだ！
アンジェラ　グロヴナーさま、どうか私たちに朗読をしてくださいませんか？
グロヴナー　［溜息をつきながら］いいですよ、もしお望みなら。何を朗読しましょうか？
アンジェラ　ご自身の詩の中から一つ。
グロヴナー　僕の詩から一つですか？　それはよしたほうがいいですよ。そんなものを朗読しても、貴女の愛の悩みを解消しないでしょうから。
エラ　バンソーンさんは、毎日、ご自分の詩を朗読してくださったものですわ。
サフィア　そして、正直に言って、とっても上手に朗読なさいました。
グロヴナー　ああ、そうですか。では、僕の才能を出し惜しみするわけにはいきませんね？　僕は大事なものを出し惜しみする管財人ではありません、そうですね？　ここに十行詩がありますす――単純明快で、なかなかのものです――赤ん坊でも分かりますよ。鑑賞するのに、頭を使う必要など全くないのです。
アンジェラ　余計なことは全く考えないでおきましょう！

グロヴナーが朗読する

やさしいジェインはこの上なくよい子で、
いつも言いつけを守っていました。
もぐもぐ何かを食べながら、おしゃべりをしなかったし、
青蝿を捕まえて足を引き千切ったりもしなかった。
素敵な新しいフロックにスモモのジャムをこぼさなかったし、
白い二十日鼠を八日時計に閉じ込めたりもしませんでした。
流行の真新しい人形をばらばらに解剖することもなければ、
お酒に手を出したいとも思いませんでした。
それで彼女が大きくなって大人になった時、
自家用馬車のある立派な伯爵様と結婚したということです！

グロヴナー　この十行詩には、慎みのある人の顔を恥ずかしさで赤くさせるような言葉は一語だって使っていないと断言できます。
アンジェラ　その通り、純粋無垢そのものですわ。
グロヴナー　ここにもう一つあります。

いたずらトムは、とっても悪い男の子、
でっかい水鉄砲がお気に入りのおもちゃでした。
お父さんの長靴に生きた小エビを突っ込んだり、
お父さんの一張羅のスーツの袖口を縫い合わせたりしました。
可哀想に可愛い妹たちの頭にパンチを食らわせたり、
彼女たちの四本柱のベッドに唐辛子を振りかけたりしました。
靴屋さんで使うワックスを妹たちの髪の毛に塗りつけたり、
熱くした半ペニー青銅貨を彼女たちの背中に落としたりしました。
　そのあげく、彼はまったく道を踏みはずして、
バレー団の踊り子と結婚したということです！

アンジェラ　破滅的な犯罪の数々が展開されているときに、まるで空を飛ぶ鷹が奇襲するように、天罰が悪事をはたらく張本人に襲い掛かるさまを、貴方は、いかに壮大に――しかも情け容赦なく――示してくれたことでしょうか？　ああ、空恐ろしいお話でしたわ！

エラ　ああ、貴方は、実に本当の詩人です。なぜって貴方の詩が私たちを感動させると、私達の心は貴方のほうに惹かれて行くのですから！

グロヴナー　［傍白］このようなことはもううんざりだ。［声を出して］皆さん、失礼な態度をとっ

て申し訳ありません、しかし、今日は土曜日なのです。あなた方は、月曜日からずっと僕の後を追いかけまわしてきました。僕はいつも通りの半日の休みが欲しいのです。今日は早くお終にすることをお許しくださるなら、皆さんが好意を示してくださったと僕は考えます。

サフィア　まあ、私たちを放さないで！

グロヴナー　哀れなお嬢さん方！　はっきり申し上げるのがいいと思います。あなた方に愛されていることは承知しています。けれど、お返しに、あなた方を愛することは決してできないのです。なぜなら、僕の心は別のところに惹かれているのだから！『磁石と攪乳機』の物語を思い出して下さい。

アンジェラ［激しい口調で］でも『磁石と攪乳器』のお話なんて知らないわ！

グロヴナー　そうですか？　じゃ、僕があなた方に歌ってあげましょう。

歌——グロヴナー

磁石がひとつ、金物店にぶら下がっていました。
そしてそのまわりを取り囲んでいたのが、
鋏に針、釘に包丁といった金物たちで、
命をかけて磁石への愛を捧げていたのです。

でも鉄に対して、磁石は惹かれるものは何も感じませんでした。
磁石は金物を惹き付けたのに、金物が磁石の気を惹くことはなかったのです。
針や釘や包丁たちに磁石は背を向けました。
彼は銀の攪乳器を愛していたのです！

全員　銀の攪乳器ですって？
グロヴナー　そう銀の攪乳器ですよ！
ものすごく審美的で、
何でも引き付ける魅力的な磁石は
空想を抱いて言いました――
「もし僕が包丁や針を
惹き付けることができるのなら、
銀の攪乳機に対しても同様ではないだろうか？」
コーラス　ものすごく審美的で……
グロヴナー　すると、鉄と鋼が驚きをあらわにし、

針がよく通る眼を見開きました。
折り畳みナイフは「たたまれてしまったわ」と確かに感じましたし、
鋏は「カットされたわ」と宣言しました。
やかんはかんかんに怒って沸騰したそうですし、
釘はすべて、興奮のあまり頭がおかしくなって、
あちらこちらへと動き回り出したので、
とうとうかなづちがやってきて——釘を深く打ち込んでしまいました。

全員　　釘を深く打ち込んだのですって？
グロヴナー　釘を深く打ち込んだのです！

逍遥学徒のように動き回る
この魅力的な恋する磁石は
次のことを学びました。
いくら努力をしてみても
磁石が決して惹き付けることができないのは
銀の攪乳機の心だということを！

全員　逍遥学徒のように動き回る……
［乙女たちはがっかりした様子で立ち去る、ときどき振り返って彼を見つめながら］
グロヴナー　とうとう行ってしまった！　僕が出会う人すべてに及ぼしているように思えるこの不思議な魅力は何だろう？　僕のこの運命的な美貌は実に忌々しい、女性達を征服するなんて、もううんざりだ！

ペイシェンス登場。

ペイシェンス　アーチボールド！
グロヴナー　［振り返って、彼女を見る］ペイシェンス！
ペイシェンス　レジナルドから、苦労して逃げて来たのよ。あなたにとても会いたくなったの。昔のようにまだ私を優しく愛しているかどうかお聞きしたいのです、どうなの？
グロヴナー　君を愛するって？　生涯にわたる深い愛情というのであれば――［彼女の手を握る］
ペイシェンス　［憤りをあらわにして］止めて！　手を離して、そうしないと声を出すわよ！［彼女の手を離す］もしあなたが紳士なら、私が別の人のものだってことを忘れないで下さい！［とても優しく］でもあなたは私のことを本当に愛していますよね？

グロヴナー　激しく、どうしようもなく、絶望的に！
ペイシェンス　そうなのよね！　私は決してあなたのものにはなれないけれど、でもそうなのよね！
グロヴナー　そして君は、このバンソーンを愛しているのかい？
ペイシェンス　心を萎れさせ、焦がし、焼き尽くし、そしてひりひりさせるほどの夢中の悦びを込めて！［悲しげに］そうすることが私の義務なのです。
グロヴナー　あっぱれな女性だ！　でも君は彼といて幸せではないのだろう？
ペイシェンス　幸せですって？　言葉では言えないほどに惨めだわ！
グロヴナー　そうなのだ！　僕は決して君と一緒にはなれないけれど、でもそうなのだ！
ペイシェンス　もう行ってください。愛するレジナルドが近づいてくるのが見えます。さようなら、愛しいアーチボールド。あなたがまだ私を愛していることが判ってどれほど嬉しくなったか、とても言葉では言えません。
グロヴナー　ああ、せめてこれだけでも言えれば――［彼女の方へ進む］
ペイシェンス　ちょっと待って！　別の人のものになるという人間にそのような言葉を使うなんて！［優しそうに］ああ、アーチボールド、時々は私のことを思ってね。私の心は張り裂けそうなの！　あの人は私には全然優しくないのに、あなたがこんなにも優しく愛してくれているのだから！

グロヴナー　愛しているとも！［彼女の方へ進む］

ペイシェンス　もう一歩近づいてごらんなさい。心の正しい清らかな女ですから、私は大きな声で叫びます！［優しく］さようなら、アーチボールド！［厳しく］そこで止まって！［優しく］時々私のことを思って！［怒って］これ以上近づくのは危険よ！　もう一度、さようなら！

［グロヴナーは溜息をもらし、悲しげに彼女を見つめ、深い溜息をつき、そして出て行く。彼女は激しく泣きだす］

バンソーンが登場し、ジェインが後に続く。彼は憂鬱そうで、心ここにあらずの様子である。

ジェインが歌う

憂いに沈んだ様子で、
一人ぼっちになって私は一日中歩く。
私の恋は叶わないから——
これほど哀れな者がいるかしら

ただため息をついて
ああ、悲しいかなと言う私ほどに！

バンソーン　［ペイシェンスを見て］泣いているのかい？　どうして泣いているのだい？
ペイシェンス　どれだけ深くあなたを愛しているか考えていただけなのです！
バンソーン　僕を愛しているって！　馬鹿な！
ジェイン　彼を愛しているって！　馬鹿な！
バンソーン　［ジェインに］邪魔をしないでくれ。
ジェイン　彼はいつも私の心を打ち砕く！
ペイシェンス　［彼のところに行く］どうしたの、愛しいレジナルド？　もしも悲しいことがあるのなら、私に話してください。あなたの悲しみを私も分かち合えるから。［溜息をつきながら］それが私の義務なのです！
バンソーン　［ぶっきらぼうに］いまさっき誰と話をしていたのだ？
ペイシェンス　愛しいアーチボールドと。
バンソーン　［ひどく怒って］愛しいアーチボールドとだって！　誓って言うが、これはあまりにひどいことじゃないか！
ジェイン　本当にあまりにひどいことだわ！

バンソーン　［ジェインに怒って］　静かにするんだ！
ジェイン　また私の心を打ち砕いたわ！
ペイシェンス　あの方は私が今まで出会った人の中で最も高貴で、純粋で、完全な方です。でも私は彼を愛さないのです。彼が一途に私に惹かれているのは確かですが、でも私が彼を愛することはないのです。彼が私に愛情を寄せてくれれば、いつでも私は大きな声を立てます。それが私の義務なのです！［溜息をつく］
バンソーン　そういうことになるだろう！
ジェイン　私も言うわ！　まあ、そういうことでしょうね！
ペイシェンス　本当に、あの人を愛し、そしてあなたをもまた愛することがどうしてできましょうか？　二人の人を同時に愛することはできないのです！
バンソーン　ああ、だがそうなのだろうかね！
ペイシェンス　ええ、できないわ。でもそうできれば本当にいいのだけれど。
バンソーン　愛がどんなものか君が知っているとは信じられないね！
ペイシェンス　［溜息をつきながら］　いいえ、知っています。知らなかった時は幸せでしたわ。けれど、苦い経験から愛について教わりました。

［バンソーンとジェイン退場］

バラッド——ペイシェンス

愛は悲しげな歌、
　恋に苦しむ乙女が歌う、
ひどい話や、
　裏切られた希望を語るもの。
曲調が変わる度に調子も変えて、
　愛する彼が悲しい時は気の毒そうにして、
彼の欠点には目を向けないで、
　愛する人が喜んでいる時は楽しげに歌うのです！
　　どんなひどいことも治すことが出来ないのが愛、
　　いつも新鮮なのが愛、
　　純粋である愛こそが愛、
　　それこそが本当の愛なのです！

善をもって悪に報い、
　しかめ面に出くわすたびに微笑み、

依怙地にならず、
　涙を笑顔で隠し、
わがままな気まぐれを決して言わず、
　悩みや苦しみを掻きたてず、
すべては彼のため、
　自分のためには全く何もしない！
たとえ報われることがあまりなくとも、
　いつまでも耐えようとする愛、
それこそが純粋な愛、
　それこそが本当の愛なのです！

［バラッドが終わるとペイシェンス泣きながら退場］

　バンソーンとジェイン登場。

バンソーン　あの気取り屋の馬鹿がここに来てからというもの、すべてがうまくいかなくなってしまった。その前は僕が称讃され――こう言ってよければ、愛されていたのだ。
ジェイン　そんな穏やかなものじゃありません――崇められていましたわ！

バンソーン　詩人が独白するのを遮らないでおくれ！　乙女たちは、僕が行くところはどこへでもついてきたものだ。それが今や皆やつの後を追っている！
ジェイン　皆じゃありませんわ！　この私は今でも貴方をお慕いしております。
バンソーン　そうだな、君はかわいい女性だ！
ジェイン　いいえ、かわいくはありません。がっしりしていますわ。元気をお出しになって！
私が貴方を見棄てることは絶対にありません！
バンソーン　ああ、ありがとう！　わかったぞ。やつのいまいましい優しさに違いない。彼女たちには、僕はぴりりと辛過ぎるのだ！　そして確かに僕は辛口の毒舌を吐く。
ジェイン　私にはそうではありませんわ！
バンソーン　［容赦なく］確かにそうだろうが、彼女らにとって僕はぴりりとし過ぎるのだよ。だが、この僕がやつと同じくらい優しくなれることを世に示してやろう。気の抜けたようなやさしさがお望みなら、それを見せてやろうじゃないか。やつと同じように振舞って対決して、打ち負かしてやろう。
ジェイン　そうなさって。お手伝いしますわ。
バンソーン　手伝うって？　ジェイン、やはり君にはいいところがずいぶんあるね！

デュエット――バンソーンとジェイン

ジェイン　では彼のもとへ行って、愛想よく言っておやり、皮肉をこめて――
バンソーン　歌ってやろう、「やあ――
　　こんにちは」と――
　そう、僕はそう言おう！
ジェイン「君の服装はあまりにも神聖で――その仕立てはあまりに規範的」――
バンソーン　歌ってやろう、「フフンだ――
　　ヘヘンだ！」と――
　そう、僕はそう言おう！
ジェイン「僕は理想的なダンディだった、病的な若い審美主義者たちには――
　僕の感化的影響力を疑うことは異端とされていたのだ――
　そして君が僕を切り捨てたのだ、その吐き気がするような優しさで。」――
バンソーン　歌ってやろう、「ばからしい――
　　くだらないぞ」と――
　そう、僕はそう言おう！

二人で　歌ってやろう、「やあ——こんにちは」と——
　　　　歌ってやろう、「フフンだ——ヘヘンだ！」と——
　　　　歌ってやろう、「ばからしい——くだらないぞ！」と——
　　　そう、{貴方/僕}はそう言おう！

バンソーン　そう言ってやろう、やつがもっと陽気に振舞わないのなら——
ジェイン　歌いましょう、「ばからしい——
　　　　くだらないぞ」と——
　　　そう貴方はそう言うのです！
バンソーン　巻き毛を切り、片方の目にメガネを掛けないのなら——
ジェイン　歌いましょう、「フフンだ——
　　　　ヘヘンだ！」と——
　　　そう貴方はそう言うのです！
バンソーン　会話に理屈やこじつけをふんだんに入れないのなら——

肉やプディングをがつがつと食べないのなら――
とっとやつは消え失せればよいのだ。

ジェイン　歌いましょう、「やあ――
こんにちは」と――
そう貴方はそう言うのです！

二人で　歌ってやろう、「ばからしい――くだらないぞ！」と――
歌ってやろう、「フフンだ――ヘヘンだ！」と――
歌ってやろう、「やあ――こんにちは」と――
そう、{僕／貴方}はそう言おう！

［ジェインとバンソーン一緒に退場］

公爵、大佐、少佐登場。軍服を脱ぎ捨て、審美主義者を真似た扮装をしている。長髪にして、ラファエル前派を忠実に真似ている外見的特徴が見られる。歌いながら、ぎくしゃくした、ぎこちなく堅苦しい様子で歩く――それは、第一幕でバンソーンと乙女たちが示していた歩き方をグロテスクに誇張したものである。

三重唱——公爵、大佐、少佐

明らかに中世の芸術のみが今でも熱狂的に愛されている、
その愛好者を魅了し喜ばせるために我々は精一杯努力をした。
我々の仕草すべてが中世英国風の趣きを伝えているのかどうかよくわからない、
しかし我々が判断する限り、それはこのようなものだと思う、
　こんな風にじっとして、［ポーズをとる］
　そんな風にじっとして、［ポーズをとる］
何としても、堅苦しくて同時に平凡に見えるよう努めるのだ。［ポーズをとる］
　あえて期待したいのは、
　我々の覚えていることによって
真の高級な芸術のほんの一部であろうとも、効果を充分に発揮してくれることなのだ。
たとえ正確に再現できなくとも、非難されることなきように願いたい。
既製服のようにすぐ、高級な審美主義風の趣味を身につけることはできない。

時間が経たなければ中世趣味に対する真の審美眼は養われない。
しかし我々が判断する限り、それはこのようなものだと思う、
　こんな風にじっとして、［ポーズをとる］
　そんな風にじっとして、［ポーズをとる］
何としても、堅苦しくてもなめらかに見えるよう努めるのだ。［ポーズをとる］
　堅苦しくもさりげない
　身のこなしを身につけるには、
操り人形を手に入れて、身のこなし方を練習しなければならない。［ポーズをとる］

大佐　［ポーズをとる］そうだ、はっきりしていることは、お嬢さん方に永続的な強い印象を与える唯一のチャンスは、彼女らと同じくらい審美的になることだ。
少佐　［ポーズをとる］その通りです。唯一の問題は、どのくらい我々がそのことに成功しているかです。何故かよく分りませんが、これはあまりうまくいっていないような感じがします。
公爵　［ポーズをとる］私もこんなことをやりたくない。やりたかったことは一度もない。意味がわからないもの。こういう格好はしているが、好きではない。
大佐　ねえ君、問題は、我々が好きかどうかではなく、彼女らが気にいるかどうかだ。彼女らはこのようなことを理解しているが——我々には分っていない。案外効果があるかもしれないぞ

——遠くから見れば。
少佐　我々は少々ぎこちないのではないかと思わざるを得ません。もし我々がこのような姿に「限定される」のなら極めて無様だと思います！
大佐　このような姿に限定されることはないだろう。初めはおそらく少しばかりぎこちないかもしれない——が、何にでも初めというものはあるのさ。ああ、彼女らがやって来たぞ！　気をつけ！

彼らは新たなポーズをとる、そこにアンジェラとサフィアが登場。

アンジェラ　［彼らを見ながら］まあ、サフィア——見て——見て！　不滅の炎があの人達に舞い降りたのだわ、まさに純粋のラファエル前派なのよ——つまり、感覚的に強烈で究極的に完全なのよ。［仕官たちは不自然な姿勢を維持し辛くなっている］
サフィア　［見とれて］何てボッティチェリ風なの！　何てフラ・アンジェリコ風なの！　ああ、芸術よ、私たちはこの恩恵に感謝します！
大佐　［申し訳なさそうに］どうもうまくいかないようです。
アンジェラ　おそらく最高の域ではありませんが、でも、ああ、ほとんどのところまで行っています！［サフィアにむかって］ああ、サフィア、この方たちはほとんど完璧ではなくて？

サフィア　本当にすごく完璧だわ！
少佐　［苦しそうに］こむらがえりの時ラファエル前派の連中は通常どうすればいいと言っているのでしょうか？
大佐　皆さん、正直に申しましょう。我々はこんな姿勢を取って個人的には不自由ですが、それもあなた方への愛の極みを表現せんがためなのです。そのことがお分かりいただけるとよいのですが。
アンジェラ　このような愛の証に非常に心動かされたことは否定しませんわ。
サフィア　そうですわ、最高の発達を遂げた審美派芸術の原理に目覚められたことに私たち、深く感動しています。
アンジェラ　そしてもしグロヴナー様が依然として今のままの状態を続けるのであれば――
サフィア　そのことに関して彼は今のままだと、私たちは確信しています――
少佐　［傍白、苦しそうに］もっと早く話を終えてくれないかなあ。
アンジェラ　私たちの思慕の念があなた方に向かわないとは言えないかもしれませんわ。
大佐　［号令を出して］三人ずつの小隊で――恍惚の姿勢を取れ！
［全員新たにポーズをとって、審美派の恍惚状態を表す］
サフィア　まあ、とてもいいわ――初心者にしては見事ですわ。
少佐　ただ一つ問題なのは、誰が誰を選ぶかということですが？

大佐　ああ、それは、当然公爵が先に選ぶべきだろう。
公爵　おや、思いもしなかった――あなたは本当にいい人だなあ！
大佐　そうではありません。あなたは結婚相手としては大物ですから、どの女性にもあなたを釣り上げる機会を与えるのが公平というものです。全く単純な話です。いいですか、仮にあなたがアンジェラを選んだとするなら、私はサフィアを選び、少佐には誰もあたりません。仮にあなたがサフィアを選んだとするなら、少佐はアンジェラを選び、私には誰もあたりません。仮にあなたがどちらも選ばないなら、私はアンジェラを、少佐はサフィアを選びます。明らかなことです！

五重唱

公爵、大佐、少佐、アンジェラ、サフィア。

公爵［サフィアを引き寄せながら］
もしサフィアと結婚するなら、
私は一生安泰だ。

大佐もぐずぐずせずに、
　アンジェラを妻にすればいい。

　　　［公爵はサフィアと、大佐はアンジェラと踊り、少佐は一人で踊る］

少佐［一人で踊りながら］
そのような異常な成り行きになれば、
　私は一人で暮らし、死んでいきます――
皆の心からの同情を受けて
　満足せねばならないでしょう！

全員［同じように踊りながら］
彼は私たちの心からの同情を受けて
　満足せねばならないでしょう！

公爵　［アンジェラを引き寄せながら］

もし私がアンジーに決めるなら、
　結婚式で彼女は
ダイヤとアーミンの毛皮をまとうだろう。
　そして少佐もサファイアを妻にできるだろう！

［公爵はアンジェラと、少佐はサファイアと踊り、大佐は一人で踊る］

大佐　［踊りながら］

そのような異常な成り行きになれば、
　私は一人で暮らし、死んでいきます――
皆の心からの同情を受けて
　満足せねばならないでしょう！

全員　［同じように踊りながら］

彼は私たちの心からの同情を受けて
満足せねばならないでしょう！

公爵　［アンジェラとサフィアの両方を引き寄せながら］
心の中でよくよく考えた結果
どちらにも心が決まらないなら、
サフィアが大佐を選べばよいだろう

［サフィアを大佐に手渡す］

アンジェラは少佐の花嫁に！

［アンジェラを少佐に手渡す］

［大佐はサフィアと、少佐はアンジェラと踊り、公爵は一人で踊る］

公爵　［踊りながら］

そのような異常な成り行きになれば、
私は一人で暮らし、死んでいきます――
皆の心からの同情を受けて
満足せねばならないでしょう！

全員［同じように踊りながら］

彼は私たちの心からの同情を受けて
満足せねばならないでしょう！

［最後に、公爵、大佐、少佐、二人の乙女が腕を組んで踊りながら去っていく］

グロヴナー登場。

グロヴナー　一人きりになれるのはとても嬉しいことだ。他人に好き勝手に見つめられる顔をこうしてのんびりと見つめることができるのは嬉しいことだ！［手鏡に映る自分を見ながら］ああ、僕はまさにナルシスそのものだ！

バンソーン登場、ふさぎこんだ様子をしている。

バンソーン　だめだ。僕は人々の賞賛がなければ生きていけない。グロヴナーが現れて以来、無味乾燥なつまらなさが重んじられている。ああ、やつがいる！

グロヴナー　ああ、バンソーン！　こちらに来て――見てくれ！　とても優雅だろう！

バンソーン　［手鏡を取って］失礼。これは今までに見たことがないものだ。確かに、優雅だ。

グロヴナー　［手鏡を取り戻して］ああとんでもない！　そちらではなくて――こちらの方だ――

バンソーン　冗談を言うな！　ばからしい！　僕はくだらないことに関わるよう気分ではないのだ。

グロヴナー　どうしたのだ？

バンソーン　君が来てからというもの、君は娘たちの関心を完全に独占してしまった。僕はそれが気に入らない！

グロヴナー　ねえ君、どうすれば僕はこの事態から逃れられるのだろうか？　彼女らは僕には厄介な存在なのだ。ねえ、バンソーン君、出会うすべての女性に一目でひどく愛されてしまうという具合の悪さは、君のような不利な立場にいる人には考えもつかないだろう。

バンソーン　だが君がここに来るまでは、この僕がもてはやされていたのだよ！

グロヴナー　そのとおり、僕が来るまではね。そこが嘆かわしいところなのだ。僕はすべての人を見ないようにしているのに！　僕の社会的義務には背かないで、皆の注目を浴びるというこのような不都合から逃れる何かいい方法を教えてくれれば、僕は君に対して終生、感謝の気持ちを忘れないよ。

バンソーン　すぐに教えてやるよ。世間一般にどれだけもてはやされていようとも、君のその姿はこの僕にとっては大いに嫌悪すべきものだからね。

グロヴナー　本当かい？［彼の手を取りながら］ああ、有り難い！　感謝するよ！　なんてお礼の言葉を言えばいいのか？

バンソーン　今すぐに君は完全に変わるのだ。今後、君が話す時は、その内容は完全に日常的で、実際的なものにしなければいけない。髪を短くして、きちんと髪の毛を分けるんだ。風采も衣裳も絶対にありふれた普通のものにしなければならない。

グロヴナー　［断固として］いや、悪いけれど、それはできない。

バンソーン　いいかい、気を付けろよ！　僕は提案を拒まれると、とても恐ろしくなるんだぞ。

グロヴナー　でもそれはできない。僕は使命を帯びているのだ。その使命は果たさなければならない。

バンソーン　僕の提案を断ればどのような結果になるのか、君はさっぱり分っていないようだ。

グロヴナー　どうなっても構わない。

バンソーン　もし――僕はそうするとはまだ言ってはいないが――でももし、僕が一瞬でも君を罵ったとしたら？［グロヴナーが脅える］うん、そうだ。気を付けろよ。
グロヴナー　でも確かに、君ってそんなことはしないよね？［とてもおののいている］
バンソーン　分からない。確かにそれは最後の手段ということになるだろう。それでも――。
グロヴナー　［激しく興奮して］でも、君はそんなことはしない――きっとしないよね。［バンソーンの足元に跪いて、しがみ付く］ああ、よく考えて、考え直しておくれ！　君にもお母さんがいたはずだ。
バンソーン　そのようなものはいなかった！
グロヴナー　ならば、伯母さんはいただろう！［バンソーン、心を動かされたような様子］ああ！やはりいたのだね！　その伯母さんの思い出に免じて、どうか、恐ろしいその最後の手段に訴える前に考え直しておくれ。ああ、バンソーン君、よく考えて、考え直しておくれ！［泣き出す］
バンソーン　［どうしようかと悩んだ後、傍白］ここで女々しい態度をとってはいけない！［声を出して］泣いても無駄だ。直ちに僕の言う通りにするか、それとも甥の僕が罵って――。
グロヴナー　待ってくれ！　君の決意は固いのか？
バンソーン　そのとおり。
グロヴナー　何事があっても緩むことはないのか？
バンソーン　ない。僕の決意は固い。

グロヴナー　よし判った。［立ち上がる］それじゃ、君の言う通りにする。
バンソーン　本当か！　誓えるか？
グロヴナー　喜んで誓うよ。実は、君が言うような変身をするためのもっともらしい口実をずっと探していたんだ。とうとうその時が来たのだ。ぜひともそれをさせてくれ！
バンソーン　勝った！　僕が勝ったのだ！

デュエット――バンソーンとグロヴナー

バンソーン　僕が外出すると
二十人の乙女らが
（皆、燃える思いでため息をつき、
すがるように憧れて）
以前のように後についてくる。
教養ある趣味を持つ僕は
人造宝石と本物の見分けができる。
そして、幼稚な歌でも
立派な牧歌と見なされるのさ、

洗練されていると僕が宣言すればね。

二人　極めて情熱的な若者、
思い入れ溢れる眼差しの若者、
この上なく詩的で、超審美的で、
並外れた若者なのさ！

グロヴナー　できれば僕のことを
ありふれた若者だと考えて欲しい。
ごく普通に見かけるタイプで、
ステッキを持ち、パイプを燻らせて、
黒とこげ茶色のテリア犬を連れ歩く平凡人。
「マンディ・ポップスのコンサート」よりも
田舎風のダンスパーティを愛し、
食べるのが大好きで、
ビールを飲み、肉をしっかり食べて
やせることのない普通の人。

二人　ごく普通の若者、
　実際的な若者、
着実な安定感があり陽気に休日を楽しむ
　ありふれた若者なのさ！

バンソーン　日本風の若者、
　陶磁器の国の若者、
フランチェスカ・ダ・リミニ〔中世イタリアの女性貴族〕、ミミニピミニ、
「ジュ・ヌ・セ・クワ」〔フランス語で「分らない」〕を振りかざす外国かぶれの若者！

グロヴナー　チャンスリ・レーン〔司法関係の建物が多い通り〕でよく見かける若者、
　サマセット・ハウス〔多くの官庁が入っている建物〕で働いている若者、
とても魅力的で、極めて立派で、
三ペンスの乗り合い馬車に乗る若者！

バンソーン　青白く痩せた若者、
　やつれてひょろ長い若者、

グリーンとイエローの、グロヴナー・ギャラリー風の、
今にも死にそうな若者！

グロヴナー　シューエル・クロス服地店の若者、
ハウエル・ジェイムズ服地店で働く若者、
「次はどの服をお見せしましょうか？」と仕事熱心な若者、
ウォータールー・ハウス［大手の服地店が入っている建物］の若者！

合唱

バンソーン

できれば僕のことを
気難しい、いかれた若者だと考えておくれ。
格別に詩的で、超審美的で、
並外れた若者なのさ！

グロヴナー

できれば僕のことを
実際的な若者だと考えておくれ。
読み書きに算盤ができる
ありふれた若者なのさ！

［歌い終わると、グロヴナーは踊りながら退場する。バンソーンは舞台に残る］

バンソーン　よしこれでいいんだ！　わざとつむじ曲がりの芝居をしてきたがこれで最後の演技も終わった、これからは僕はがらりと変わった性格の人間になるんだ。［先ほどの歌の一節を口ずさみながら、舞台で踊りまわる］

ペイシェンス登場。びっくりした表情で彼を見つめる。

ペイシェンス　レジナルド！　踊っているの！　いったい――どうしたっていうの？

バンソーン　ペイシェンス、僕は別人になったのだ。今まで僕は、陰気で、憂鬱的で、気まぐれで――移り気で、わがままだった――

ペイシェンス　そうだったわ、本当に！［ため息を吐く］

バンソーン　そのすべてが変わった。僕は心を入れ替えたのだ。グロヴナー君を手本にして、生き方を変えたのだ。これからは、穏やかで明るくなる。話す時は、楽しさを交えた教訓を含むようにする。審美的であることに変わりはないけれど、最も牧歌的な審美主義者になるつもりだ。

ペイシェンス　まあ、レジナルド！　本当にそうなの？

バンソーン　本当だとも。僕がどれだけ愛想がよくなったか見ておくれ。［作り笑いをする］

ペイシェンス　でも、レジナルド、こんなことといつまで続くのかしら？
バンソーン　時々休憩して食事を取れば、好きなだけ続けられる。
ペイシェンス　まあ、レジナルド、とても嬉しいわ！［彼の両腕の中に飛び込んで］ああ、愛しい愛しい、レジナルド、このようなあなたの変身に対する私の喜びを、どのように表現すればいいのか分らないわ。あなたを愛するのはもう義務ではなく、喜び――歓喜――まさに恍惚そのものだわ！
バンソーン　僕の最愛の人よ！
ペイシェンス　でも――まあ、何てひどいこと！［と言って、彼から遠ざかる］
バンソーン　どうしたのだい？
ペイシェンス　あなたが本当に心を入れ替えたってこと――つまり、これからは完全な人となって――どのような欠陥もない人になるというのは、まったく確かなことなのかしら？
バンソーン　まったく確かなこと。そうすると僕は誓ったのだ。
ペイシェンス　それじゃ、私は絶対にあなたのものにはなれないわ！
バンソーン　どうして？
ペイシェンス　純粋な愛は、絶対に利己的になってはいけないのよ。だから、今のあなたのような完全な人を愛するのは、まったく利己的なことになります！
バンソーン　でも、ちょっと待っておくれ！　それじゃ僕は変貌などしたくはない――昔の僕に戻るよ――昔のようになるよ――望みが絶たれてしまった！

グロヴナーが登場し、乙女らがその後に続き、さらにその後に近衛竜騎兵連隊士官達の合唱隊が続いて登場。グロヴナーは髪を短く切って、ごく普通の上下おそろいのスーツと山高帽に身を包んでいる。以前のもの憂げな様子と極めて対照的な陽気な態度で、皆がステージを踊りまわる。

コーラス――グロヴナーと乙女達

グロヴナー

僕はウォータールー・ハウスの若者、
シューエル・クロス服地店の若者、
着実な安定感があり陽気に休日を楽しむ
ありふれた若者なのさ！

乙女達

私たち、スウェヤーズ・ウェルズ洋装店を愛し、
マダム・ルイーズのお店の帽子を愛する娘たち、
可愛く会話をし、陽気におしゃべりする
ありふれた娘たちなのです！

バンソーン　アンジェラ――エラ――サフィア――これは――これは一体どうしたというのか？

アンジェラ　つまり、「すべて正しきアーチボールド」が間違ったことをするはずはないということなのです。それで、「すべて正しき人」が審美主義を棄てるのであれば、審美主義は棄てられねばならないのです。
ペイシェンス　まあ、アーチボールド！　アーチボールド！　これはショックだわ――驚いたわ――ひどいことだわ！
グロヴナー　仕方がないのだよ。自由に行動できないのだ。こうせざるを得ないのだよ。
ペイシェンス　これはひどいことだわ。行ってちょうだい！　二度とあなたの顔を見ることはないわ。でも――ああ、何と嬉しいことかしら！
グロヴナー　どうしたの？
ペイシェンス　あなたがいつも、ありふれた若者になるというのは本当に確かなのね？
グロヴナー　その通り――僕はそう誓ったのだ。
ペイシェンス　まあそれでは、私が勝手に思い切りあなたを愛しても、何も差し障りがないわけね！
グロヴナー　そう、その通りだ。
ペイシェンス　私の愛しいアーチボールド！
グロヴナー　僕の愛しいペイシェンス！［二人が抱擁する］
バンソーン　またしても振られてしまった！

ジェイン登場。

ジェイン［彼女はまだ審美主義を信奉している］元気を出して！　私がついているわ。決してあなたを見捨てたこともないし、これからもそうするつもりはないから！

バンソーン　有り難う、ジェイン。結局、何と言ってもこれは確かなことなのだ。つまり、君は素晴らしい女性なのだ！

ジェイン　私のレジナルド！

バンソーン　僕の愛しいジェイン！

ファンファーレと共に、大佐、公爵、少佐が登場。

大佐　お嬢様方、公爵がついに花嫁を選ぶ決心をしましたぞ！［皆が興奮する］

公爵　差し上げる大きな贈り物があるのです。本当に美しい方々はこちらにおいで下さい。［ジェインとペイシェンス以外の、すべての乙女達が恥じらいながら進み出る］容姿の美しさにかけては、あなた方全員が幸せな女性になるのに必要な素質をおもちです。すべての人に対して公平であるために、明らかに器量が良くないという不運に生まれついた一人の女性を私は選ぶべきだと考えます。［乙女達はがっかりして引き下がる］　私の相手はジェインです！
ジェイン　［バンソーンの腕を振りほどいて］　公爵！［ジェインと公爵が抱擁する。バンソーン、まったくうんざりする］
バンソーン　またしても振られてしまった！

フィナーレ

公爵　心の中でよく考えて、
　私はレディ・ジェインに決めました。
　サフィアは大佐と結ばれ、そして
　アンジーは少佐の花嫁になるのです！
　　［サフィアが大佐と一緒になり、アンジェラと少佐、エラと弁護士が一緒になる］
バンソーン　前例のない成り行きで
　僕は独りで生きて死なねばならない――
　チューリップや百合の花と

一緒に暮らすことで満足しなければならない！

［襟に挿していた百合の花を手に取って、いとおしそうに見つめる］

全員　彼は、チューリップや百合の花と
　一緒に暮らすことで満足しなければならない！
お互いに大いに気に入って、
　私たちは結婚することにしました。
私たちは皆、相手を見つけて結婚します。
　でもバンソーンの花嫁になる人は誰もいないのです！

踊る

幕が下りる

『ペイシェンス』了

解説――『ペイシェンス』について

上村盛人

1　序

ギルバート（Sir William Schwenck Gilbert, 1836-1911）が台詞を書き、それにサリヴァン（Sir Arthur Sullivan, 1842-1900）が曲をつけたコミック・オペラは別名サヴォイ・オペラ（Savoy Operas）として広く知られ、ヴィクトリア時代後半に一世を風靡したが、その影響は英語圏の諸国を中心に今も根強く残っている。多くの学校では音楽やドラマの授業の一環として、作品が教育の中に取り入れられている。また、滑稽なストーリが美しい音楽に載せられて展開するサヴォイ・オペラを愛する多数の歌い手と演奏者によって組織されたギルバート&サリヴァン協会が世界各地にあり、作品の公演をはじめとするさまざまな活動を行なっている。(1) 弁護士となるべく法律を学んだが比類なき喜劇台本作家となったギルバートと、ロイヤル音楽アカデミーで正統的古典音楽を学び当時の最も著名な作曲家の一人であったサリヴァンのコラボレーションによるサヴォイ・オペラは、ヴィクトリア時代の英国が産んだ他に類を見ない独得の舞台芸術であった。

ギルバートの書いた辛らつな毒をも含む荒唐無稽でドタバタ喜劇風の台詞がオーケストラによるサリヴァンの典雅で美しいメロディに載せて歌われるサヴォイ・オペラの世界は、日常の世界を超越した不思議な舞台空間を醸成した。そしてそれが荒唐無稽ではあるけれども優美で印象的な世界であるために、ヴィクトリア時代のミドル・クラスの人々を特に強く惹き付けた。単なる娯楽として人々はこれらのコミック・オペラを楽しんだが、そこで展開しているのは当時の社会状況が戯画化されたものであり、ギルバートとサリヴァンのコンビによって現出したその荒唐無稽な世界を笑い飛ばしながらも、人々は親しみを感じていた。この点でサヴォイ・オペラはヴィクトリア時代後半の社会の一面をよく伝えているといえる。そして、二十世紀に登場した新しい音楽劇で、今なお世界中で多くの観客を惹きつけているミュージカルの源流はサヴォイ・オペラにあったとも言われている。(2)

法律や政治や社会風潮、さらに軍隊や階級社会といったヴィクトリア時代の諸相が揶揄の対象にされ、ギルバートの筆によって戯画化されたのがサヴォイ・オペラの世界である。ギルバートとサリヴァンがコラボレートした十四の作品の中でも、『ペイシェンス』は一八八一年の初演時には五七八回というサヴォイ・オペラの中でも最長のロング・ラン記録を達成するといった大成功を収めた作品であった。(3) この作品ではペイシェンス（Patience）とグロヴナー（Grosvenor）という愛し合う二人を始めとする男女の愛が中心テーマとなっているが、貴族、軍人、詩人、乳搾りの娘といったさまざまな階級や職業の人物が登場する。異性の愛情をめぐって対立する軍人（"military man"）と文人（"literary man"）、ライバル同士である肉体派詩人（"fleshly poet"）と牧歌風詩人（"idyllic poet"）、さらに恋に悩む二十人の乙女達が繰りひろげるてんやわんやの「滅茶苦茶な世界《トプシーターヴィーダム》」が展開している。

上で触れたライバル詩人達はいずれも「審美派の詩人」（"aesthetic poet"）とされており、また牧歌風詩人のグロヴナーという名前は、審美主義を信奉するラファエル前派の画家達の作品を多く展示したグロヴナー・ギャラリー（The Grosvenor Gallery、一八七七年開設の美術館）を強く連想させるものである。実際に、ギルバートはこの美術館との連想でグロヴナーという詩人名を思いついたとされている。[4] 開館したばかりのこの美術館に展示された審美派の画家ホイッスラーの「黒と黄金のノクターン」と題する作品に対して、批評家のラスキンが、「公衆の面前で絵具の入った壷を投げ付けただけの作品に二百ギニーの値段をつける気取り屋がいるなんてとんでもないことだ」と述べてホイッスラーを激怒させ、審美主義の絵画作品を巡る滑稽な裁判を引き起こすきっかけを作ったのもこのグロヴナー・ギャラリーであった。[5] そして『ペイシェンス』の第二幕でも、肉体派詩人のバンソーンが、「グリーンとイエローの、グロヴナー・ギャラリー風の、／今にも死にそうな若者！」（一〇一頁）と歌っている。

2 『ペイシェンス』のあらすじ

多くのサヴォイ・オペラ作品と同様に、『ペイシェンス』も二部で構成されている。第一部は「バンソーン城の外」（"Exterior of Castle Bunthorne"）に場面が設定されている。幕が開くと、「審美《エステ》風の衣装」（"aesthetic draperies"）を身に着け、リュートやマンドリンといった古風な楽器を奏でる乙女達が現れて、歌を歌い始める。それは、報われぬ愛に打ちひしがれた惨めな気持ちを伝える失恋の歌で、つれない肉体派詩人レジナルド・バンソーン（Reginald Bunthorne）に対して、「恋に悩む二十人の乙女」（"twenty love-sick maidens"）が「ああ、みじめだわ！」（"Ah, miserie!"）[6]と嘆きを繰り返す。レジナルドに対する愛では自分達はライバル同士であるけれども、その愛が絶望的であるという理由で皆が一つに結束しているのは、この愛の不思議な魔力だと、アンジェラ（Angela）が述べる。そこへ年輩のレディ・ジェイン（Lady Jane）が登場し、自分達には冷たいレジナルドが村の乳搾りの娘ペイシェンスを愛していると皆に報告する。そこへ、恋に悩む乙女達のような愛を知らない自分はなんと幸せかと歌いながらペイシェンスが登場し、近衛竜騎兵達が村に向っていると告げる。彼女らは一年前にはこの竜騎兵達と婚約していたが、自分達の好みが「精妙なものとなり、認識力が高まった（十）」（"our tastes have been etherealized, our perceptions exalted," 160）ので今はレジナルドに夢中になっている、竜騎兵なんてどうでもいいと言う。そこへ軍人達が登場し、ネルソン、ビスマルク、シーザー、ディケンズ等「歴史上著名なすべての人（十二）」（"all the remarkable people in history," 161）のエッセンスによって自分達は出来上がっているのだと誇らしげに歌うが、乙女達は相手にしない。彼［バンソーン］が「私たちの理想を高めて下さった（二一―二二）」（"he has idealized us," 164）からなのだと、乙女らは言う。

詩作に没頭していたバンソーンは、やっと出来上がった作品を乙女達にせがまれて朗読するが、ペイシェンスは自分にはナンセンスに思われると言う。中世風のくすんだ色の服のデザインに憧れる乙女達に、「赤と黄色！原色だわ！（二五）」（"Red and yellow! Primary colours!," 166）と軍服をからかわれた竜騎兵は、「英国の軍服に対する侮辱（二七）」（"an insult to the British uniform," 167）として、軍服を讃える歌を歌いながら、憤然として退場する。その後一人きりになったバンソーンは、実は自分は「いんちき審美派詩人（三〇）」（"an aesthetic sham," 168）で、「中世趣味はみせかけ、／人に賞賛されたいという不健全な気持ちから生まれたもの（三一）」（"my mediaevalism's affectation, / Born of a morbid love of admiration," 168）と告白し、「たぐい稀なる教養人として、高尚な審美主義者の一員（三二）」（"the high aesthetic line as a man of culture rare," 168）に見られるための秘訣を披露する。そこに現れたペイシェンスにバンソーンは愛を告白し、彼女と同じように自分も詩は好きではないし、気難しい詩人というのは本当の自分の姿ではなく、髪も短くして陽気に振舞うこともできると言い寄るが、拒絶され、傷心の思いを託した詩を当てつけに朗誦しながら退場する。

バンソーンへの思いのために乙女達を悩ませ、また、今しがた自分への告白を拒まれて立ち去ったバンソーンを悩ませて混乱させる愛とは一体何なのか、ペイシェンスはまったく知らなかったが、「この貪欲な欲望渦巻く世の中で唯一の利己的でない感情（三八）」（"the one unselfish emotion in this whirlpool of grasping greed," 171）が愛だとアンジェラに教えられて、この「高貴で利己的でない情熱を経験せずに生きてきた（三八）」（"I have lived all these years without having experienced this ennobling and unselfish passion," 171）ことを後悔する。ちょうどそこにやって来た見知らぬよそ者にペイシェンスは利己的でない愛を捧げようとするが、そのよそ者は、彼女がこれまでに唯一の愛を捧げた人物、つまり幼友達のアーチボールド・グロヴナーだと判明する。「すべて正しきアーチボールド（四五）」（"Archibald the All-Right," 174）と呼ばれ、すべての女性達に愛されている彼を愛することは「まったく利己的（四六）」（"nothing unselfish," 174）だということになり、ペイシェンスはグロヴナーと別れる。

次に花輪で全身を覆われたバンソーンが乙女達と共に登場する。ペイシェンスへの愛を拒まれた彼は、慈善事業のくじ引きの賞品として自らを差し出して、当りくじを引いた乙女と結婚することにしたことが披露される。婚約を反故にされた竜騎兵達が嘆きをコーラスで訴える中で、乙女達が興奮しながらくじを引こうとする時にペイシェンスが登場し、「利己的な動機」からではなく、「一途に愛する乙女（五九）」（"a maiden who / Devotes herself to loving you," 179）となるために、バンソーンの花嫁になると宣言する。バンソーンとの結婚の可能性がなくなった乙女達は、よりを戻そうと竜騎兵達の手をとり、抱擁を交わす。そこにグロヴナーが登場し、「僕は審美的で／しかも詩を作る人間なのです（六二）」（"I am aesthetic / And poetic," 180）と言うのを聞いて、たちまち乙女達は竜騎兵を捨て、彼の周りに跪く。非道な事の成り行きに軍人達が嘆き、またグロヴナーは愛してもいない乙女達に愛されてしまう自分の宿命を嘆く。事態の急展開の混乱の中で、乙女達、グロヴナー、ペイシェンス、バンソーン、竜騎兵達がそれぞれの立場を訴える合唱と共に幕が下りる。

第二幕は林の中の空き地が舞台である。幕が開くと楽器を手にしたジェインが、バンソーンをひたすら愛し続ける心情を吐露し、寄る年波と共に若さが失われていく悲しみの歌を歌う。やがて乙女達に従われたグロヴナーが登場し、求められるままに詩を朗読する。琴線にふれる真の詩人が現れたと乙女らはさらに心を惹かれるが、彼はいくら彼女達に愛されても「僕の心は別のところに惹かれている（七二）」（"my heart is fixed elsewhere!," 183）と宣言し、「磁石と攪乳器（七二—七五）」（"the Magnet and the Churn," 183-185）の物語を歌って聞かせる。諦めて立ち去る乙女達と入れ替わりにペイシェンスが登場し、自分はグロヴナーを愛することはできないが、彼が自分を愛していることを確認して悲しみの中で彼を見送る。

バンソーンを「一途に愛する」ことだけが自分の義務だと考えるペイシェンスだが、彼女の本当の愛の対象はグロヴナーなのだ。利己的でない愛だけが本当の愛である故に、グロヴナーを愛することは「まったく利己的」なことだとして、彼女は悩み、「いつまでも耐えようとする愛（八一）」（"Love that will aye endure," 187）を辛い経験が教えてくれたと歌う。バンソーンがジェインと共に登場。乙女達の愛を奪い去ってしまったグロヴナーに対抗するために、彼のようなやさがたの詩人に自分も変身すると同時に、彼に文句を言ってやろうということで、ジェインと意気投合する。続いて三人の将校達が登場する。彼らは軍服を脱ぎ捨てて、「審美主義者を真似た（八五）」（"imitation of Aesthetics," 189）服を着ている。ファッショナブルな審美主義者に変身して、乙女達の愛を取り戻し、結婚するためである。

乙女達から逃れて一人で悦に入っているグロヴナーを見つけてバンソーンが近づき、両詩人が対決する。乙女達に追いかけまわされる運命から逃れたいと願うグロヴナーは、長髪を切り、服装も「絶対にありふれた普通のもの（九六）」（"absolutely commonplace," 193）にするようにというバンソーンの助言を受け容れる。女達に追いまわされる自分の運命にうんざりしていたグロヴナーも、実は普通の若者に変身したいと思っていたのである。かくして普通の若者になったグロヴナーと陽気な審美派詩人へと変身するバンソーンが和解する。変身したバンソーンを見てペイシェンスは驚くが、陽気で欠陥のない人間になった彼を愛することは、今やまったく利己的なことだから絶対に愛することはできないという。

普通人になったグロヴナーが髪を短く切り、スーツ姿で登場し、乙女達は以前の物憂げな様子を捨てて陽気に踊っている。「すべて正しき」グロヴナーが審美主義を棄てたので、彼女達もそれに倣ったのだという。普通人になったグロヴナーを愛しても利己的ではないとわかって、ペイシェンスは彼に近づき二人は結ばれる。公爵がジェインを花嫁にすると宣言し、将校達もそれぞれ花嫁になる乙女と結ばれる。ペイシェンスにもジェインにも去られ、これからはただ一人で生きてゆかねばならないとバンソーンは嘆き、他の人々が結婚の喜びを宣言するフィナーレの歌と踊りの中で幕が下りる。

3 ファッションとしての審美主義

上で述べたあらすじが示すように、この作品は文学者、つまり審美派の詩人を中心にしてストーリが展開する。文学者や詩人が主人公として登場し、物語を展開させていくような劇作品は他にあまり例がなく、その点ではこれは珍しい作品と言える。このような作品が書かれてしかもそれが大人気を博したのは、審美派詩人のパロディが大受けするほどに、当時の世間で、審美主義風のファッションが「熱狂」("mania")や「狂乱」("craze")を引き起こして大流行していたからであった。[7] 一八八四年に初版が刊行された*OED*(*The Oxford English Dictionary*)は"aesthetic"という語について説明し、本来の哲学的語義から逸脱して使われているこの語が、「美の理想として感傷的懐古趣味に耽ける最近の極端な傾向」("Recent extravagances in the adoption of a sentimental archaism as the ideal of beauty")を意味する語として、一種の社会現象を引き起こしていると述べて、『ペイシェンス』からの一節を引用している。それほどまでにこの“aesthetic”という語が流行語になっていたのである。

そもそも“aesthetic”の語義そのものがドイツやイギリスにおいても両義的なものとなっていた。“aesthetica”を美学という学問体系として初めて提唱したドイツの哲学者バウムガルテンは、「考えられたもの」(*νοητα*)と「感じられたもの」(*αισθητα*)とを区別し、前者の学問である「論理学」(“logica”)に対置する「趣味の批判」として「美学」(“aesthetica”)を捉えたのであるが、カントがこれに反論したり、バウムガルテンの弟子マイヤーが解説を行なったりしているうちに、バウムガルテンが意図したものとは異なる思想となって広まるようになった。[8] つまり、高尚な哲学的学問体系としてのカント的(審)美学(“higher aestheticism”)と、美しいものを完全なるものの極致として愛でるバウムガルテン的審美主義(“popular aestheticism”)という二通りの解釈を許すこととなったのである。[9]

英国における審美主義はラファエル前派の芸術至上主義から発展した。一八六七年出版の『ブレイク論』(*William Blake: A Critical Study*)でスウィンバーンが「芸術のための芸術」(“art for art's sake”)という表現を用いて審美主義の概念を紹介し、翌一八六八年にペイターがモリスの詩集に対する書評で同じ表現を用いたが、一八七三年出版の『ルネサンス』(*Studies in the History of the Renaissance*)にこの書評の一部が取り込まれた時に、道徳的責任を放棄して感覚の生を重視する態度を示すものとしてこの「芸術のための芸術」という言葉は悪名高いものとなっ

デュ・モーリエ作、「審美主義者の昼食」（『パンチ』誌、1880年７月17日号）
「昼食時に喫茶店にやって来て、コップ一杯の水を注文し、百合の花をコップに入れ、花に見とれる審美主義者（ジェラビー・ポッスルスウェイト氏）。ウェイター：『何かお持ちしましょうか？』審美主義者：『いや結構！これだけで充分、すぐに終わりますから！』」という説明文が付いている。花に見とれる審美主義者については、『ペイシェンス』においても、ギルバート自身が描いた挿絵（ヒマワリの花に見とれる審美主義者）があり（三二頁）、さらに劇の最後で、「僕は独りで生きて死なねばならない―／チューリップや百合の花と／一緒に暮らすことで満足しなければならない！」とバンソーンが述べている（一〇七―一〇八頁）。

ていた。そして一八七〇年代にはこの言葉に代わって「審美主義」("aestheticism")という語が用いられるようになった。[10] その時にはすでに、上で引いたOEDの解説が示すように、"aesthetic"という語は人々が熱狂的に用いる流行語となっていて、ファッションや揶揄の対象として、新聞や雑誌で盛んに取り上げられていたのである。[11]（一二一頁の挿絵［George Du Maurier, "An Aesthetic Midday Meal"］参照）本来のごく限られた芸術家達の理論的立場を示す高尚的審美主義("higher aestheticism")と、一般民衆のファッションとも言うべき通俗的審美主義("popular aestheticism")という二通りの審美主義が生じたのである。そして『ペイシェンス』で展開しているのは、ニセの高尚的審美主義とそれをファッショナブルなものとして追い求める通俗的審美主義であり、それらが徹底的に揶揄されている。

たった一年間のうちに軍人から審美派詩人へと愛の対象が移ったことについて、ジェインは次のように述べている。

There is a transcendentality of delirium—an acute accentuation of a supreme ecstasy ... it is aesthetic transfiguration! (160)

狂喜の超絶性というものがあるのよ—至高の喜悦が急激に強化された状態よ……つまりそれは審美的変容なのよ！（十）

"transcendentality"はカント哲学の「超越的、先験的」(《transzendent, transzendental》)に通じる語であるし、"delirium"や"aesthetic transfiguration"という表現は、ペイターが、「審美派の詩」("Aesthetic Poetry")の中で用いている"delirium"や"transfigured world"という表現を連想させるものである。(12) カント哲学や英国審美主義における鍵概念に連なる"big words"を連発しているジェインだが、彼女がカントやペイターを読んでいたとは到底考えられない。彼女にとって審美的("aesthetic")というのは、いわゆる《エステ》のような今はやりのファッションに過ぎないのであり、やがては棄てられるべきものである。実際に作品の後半にいたって、いとも簡単に乙女達は審美主義を捨て去るのである。

ファッションといえば、この作品ではペイシェンスを除くすべての登場人物が、審美主義という流行のファッションを追い求める主体性のない人間として設定されている。今はやりの審美派詩人に焦がれている「恋に悩む二十人の乙女」たちは、上で述べたように、審美主義を棄てたグロヴナーに倣って、簡単に審美主義風のファッションを棄て去る。そして勇壮ないでたちで颯爽と登場した竜騎兵達も第二幕では、「軍服を脱ぎ捨て、審美主義者を真似た扮装をして(八五)」("They have abandoned their uniforms, and are dressed and made up in imitation of Aesthetics," 189)登場するが、とりわけこの場面は劇場を笑いの渦に巻き込んで、観客を大いに湧かせる見せ場になっている。観客の意表をつくこのような変身は、「お嬢さん方に永続的な強い印象を与える唯一のチャンスは、彼女らと同じくらい審美的になることだ(八七)」("our only chance of making a lasting impression on these young ladies is to become as aesthetic as they are,” 189）と彼らが考えたからであり、女王陛下の軍人達もかくもあっさりと軍服を脱ぎ捨て、審美主義風のファッションに身をやつすのである。肉体派詩人のバンソーンも先に述べたように、実は「いんちき審美派詩人」で、みせかけの中世趣味も含めた振舞いは、「人から賞賛されたいという不健全な気持ちから生まれたもの」と、自ら主体性の欠如を告白している。牧歌風詩人グロヴナーにしても同様である。髪を短くして普通の人間になるようにと迫るバンソーンに対して、「それはできない。僕は使命を帯びているのだ。その使命は果たさなければならない（九六）」（“I can't help that. I am a man with a mission. And that mission must be fulfilled,” 193）と審美主義の伝道という使命感に燃える詩人の立場を表明するものの、さらに強迫されると、詩人の使命などあっさりと棄てて、「実は、君が言うような変身をするためのもっともらしい口実をずっと探していたんだ。とうとうその時が来たのだ。ぜひともそれをさせてくれ！（九八）」（“I have long wished for a reasonable pretext for such a change as you suggest. It has come at last. I do it on compulsion!” 193-194）と手のひらを返すように豹変し、もういい加減うんざりしながら、今をときめく審美派詩人を演じていたことを暴露する。グロヴナーに惹かれて乙女達が立ち去った後も、バンソーンに対して、「この私は今でも貴方をお慕いしております。…私が貴方を見棄てることは絶対にありません！（八二）」（“I am still faithful to you. … I will never leave you, I swear it!” 187）と言っていたジェインも、花嫁として公爵に選ばれると、即座にバンソーンを棄て去るのである。

ファッションを追い求め、変身願望に駆られて右往左往する登場人物達の中で、そのようなファッション志向に関わることなく、自分自身で深く考え悩みながらも耐え抜く唯一の存在はペイシェンスである。「愛とは何か？」というのがこの作品の真のテーマであり、そのことを真剣に考える女性の名前が作品のタイトルになっている。ゲイデン・レンが指摘するように、ディック・ウィッティントンやオリヴァー・トゥィストのような無垢の若者として登場し、さまざまな経験をして成長を遂げる教養小説《ビルドゥングスロマン》の主人公のようなものとしてペイシェンスは設定されている。[13]彼女は、「私にはわからないわ、この愛とやらがどんなものなのか（七）」（"I cannot tell what this love may be ...;" 159）という歌と共に登場するが、第二幕の後半でバンソーンに「愛がどんなものか君が知っているとは信じられないね！（七九）」（"I don't believe you know what love is!," 186）と言われて、「いいえ、知っています。知らなかった時は幸せでしたわ。けれど、苦い経験から愛について教わりました（七九）」（"Yes, I do. There was a happy time when I didn't, but a bitter experience has taught me." 186）とため息交じりに応えている。無垢の存在として社会に放り出されながらも、遍歴の中で苦い経験を経て成長する物語の主人公のように、ペイシェンスも「苦い経験から愛について教わ」ったのである。そして「愛は悲しげな歌（八〇）」（"Love is a plaintive song," 187）という言葉で始まる彼女の歌は、この作品中でも、あるいはすべてのサヴォイ・オペラ作品中でも最も優れた歌であるという評価が与えられている。[14]その中で、「たとえ報われることがあまりなくとも、／いつまでも耐えようとする愛、／それこそが純粋な愛、／それこそが本当の愛なのです！（八一）」（"Love that will aye endure, / Though the rewards be few, / That is the love that's pure, / That is the love that's true!," 187）と歌うのであるが、耐え忍ぶことこそ愛の本質であることを知ったペイシェンスにふさわしい歌詞であり、当時の観客に向けた作者ギルバートのメッセージもここに込められているといえよう。（言うまでもなく、"patience"という語には「忍耐」という意味がある。）

「この貪欲な欲望渦巻く世の中で唯一の利己的でない感情」が愛だと教えられて、ペイシェンスはそれをそのまま信じ込む。愛を告白したバンソーンに対して怖れのあまり、「どのような状況になっても、あなたを愛することはありません（三六）」（"But I am quite certain, under any circumstances, I couldn't possibly love *you*," 170）と一度は拒絶したが、そのバンソーンを愛することが唯一の利己的でない感情であると考え直すペイシェンスの論理には、いささか無理な飛躍がある。しかしこれは、死刑執行命令を下したミカドに対してココが述べ立てるこじつけの論理（*The Mikado*, 344-345）と同様の、「不条理なギルバート的論理」（"the absurd Gilbertian logic"）であって、[15]ギルバートのコミック・オペラの世界ではおなじみのものである。そして最後に、審美主義を棄てて普通の若者になったグロヴナーを愛しても利己的ではないということで、ペイシェンスは彼と結ばれ、彼女の愛は成就する。

4 『ペイシェンス』における審美派詩人

作品に登場する二人の審美派詩人に注目してみよう。まずバンソーンであるが、「いんちき審美派詩人」の自分が「たぐい稀なる教養人として、高尚な審美主義者の一員」と見られるための秘訣を次のように披露する。

If you're anxious for to shine in the high aesthetic line as a man of culture rare,
You must get up all the germs of the transcendental terms, and plant them everywhere.
You must lie upon the daisies and discourse in novel phrases of your complicated state of
　mind,
The meaning doesn't matter if it's only idle chatter of a transcendental kind.　(168-169)

たぐい稀なる教養人として、高尚な審美主義者の一員となって明るく輝きたいのなら、
先験的用語の芽となるすべてのものを身につけて、それを至る所に植え付けるのさ。
ヒナギクの上に横たわって複雑な精神状態について新しい表現で語るのだ。
ただの他愛ないおしゃべりでも先験的なものでさえあれば意味などはどうでもよい。（三二一）

ジェインが用いていたのと同じ"transcendental"という"big words"をここでもバンソーンは連発している。花を愛でながら、いかにもカント哲学を知っているかのような用語を並べておしゃべりをすれば、教養ある高尚な審美主義者の一員になれるというわけである。奇抜な振舞いと共に、韜晦な用語を振りかざしてファッショナブルな教養人を気取るエセ審美主義者に対する痛烈な揶揄となっている。

審美派の詩人としてバンソーンは、「ああ、空ろだ！　空ろだ！　空ろだ！」("Oh, Hollow! Hollow! Hollow!")と題する次のような一節で始まる自作を披露する。

What time the poet hath hymned
The writhing maid, lithe-limbed,
　Quivering on amaranthine asphodel,
How can he paint her woes,
Knowing, as well he knows,
　That all can be set right with calomel?　(165)

しぼまずの花アスフォデルに触れて震え、
もだえているしなやかな手足の乙女を

詩人が賛美した時、
彼はどうやって乙女の苦悩を描くことができよう、
すべてはカロメルで片がつくことを
充分に知っているときに？（一二四）

ここで用いられている詩句は例えば、スウィンバーンの『詩とバラード、第一集』（*Poems and Ballads, First Series*［一八六六年］）に収められている「愛と眠り」（"Love and Sleep"）の次のような一節を連想させる。

And all her face was honey to my mouth,
And all her body pasture to mine eyes;
The long lithe arms and hotter hands than fire,
The quivering flanks, hair smelling of the south,
The bright light feet, the splendid supple thighs
And glittering eyelids of my soul's desire.(16)

彼女の顔はすべて僕の口には蜜のようなものだったし、

彼女の全身は僕の眼には糧《かて》として映った。
　長いしなやかな腕と炎よりも火照る手、
震える脇腹、南国の香りがする髪の毛、
光り輝く軽やかな足、すばらしくしなやかな太もも
　そして僕の魂が欲しているきらめく目蓋。

“lithe”や“quivering”など、同じ単語がどちらの詩にも使われていて、詩の雰囲気も似通っている。一八七一年にロバート・ブキャナンに「詩の肉感派」と名指しで非難された詩人らしく、スウィンバーンの作品には肉感的な内容の濃厚なエロティシズムが漂っている。それに反してバンソーンの作品は、キャロリン・ウィリアムズが指摘するように、「まったく身体に関する」もので、スウィンバーン風の詩のパロディを用いて、身悶えて恋に悩むように見える乙女の苦悩は実は下剤で解決できる苦しみであることを歌っているのである。[17]「審美的変容」（“aesthetic transfiguration.”）を「俗物たちは消化不良と勘違いしてしまうの（十）」（“the earthly might easily mistake for indigestion.” 160）とジェインが述べていたが、バンソーンはまさしく、その「俗物たち」の一人ということになる。スウィンバーン風の極めて肉感的な審美派の詩の世界を装いながら、エセ審美派詩人のバンソーンはそれを極めて俗っぽい、身体に関する世界に変容させている。高尚な審美主義（“high aestheticism”）が“fleshly poet”の“fleshly”（肉感的／身体的）の解釈の差によっ

て低次元の審美主義（"low aestheticism"）へと変貌する過程がバンソーンの詩に含まれているのだが、韜晦的で曖昧な表現を用いて書かれているために、当時は上演に際して問題にされることもなく、ごく限られた一部の人々だけがこの"dirty joke"を理解していたのだと、ウィリアムズは指摘している。(18)

もう一人の牧歌風詩人、グロヴナーはどのような詩を書くのだろうか？　彼は次のような歌を歌いながら登場する。

Prithee, pretty maiden—prithee, tell me true,
(Hey, but I'm doleful, willow willow waly)
Have you e'er a lover a-dangling after you?
　Hey willow waly O!
　I would fain discover
　If you have a lover?
Hey willow waly O!　(172)

どうか、かわいい娘さん―どうか、本当のことを言っておくれ
（ヘイ、哀しいよ、ウィロー、ウィロー、ウェイリー！）

君を追いかけまわす恋人がいるかい？
　ヘイ、ウィロー、ウェイリー、オー！
　　教えておくれ
　　君に恋人がいるのかどうか？
ヘイ、ウィロー、ウェイリー、オー！（四一—四二）

それに対するデュエットとして、ペイシェンスが次のように歌い出す。

Gentle sir, my heart is frolicsome and free—
　(Hey, but he's doleful, willow willow waly!)
Nobody I care for comes a-courting me—
　　Hey willow waly O!
　　　Nobody I care for
　　Comes a-courting—therefore,
Hey willow waly O!　(172)

私の心は陽気で自由—

（でもこの方は悲しいのだわ、ウィロー、ウィロー、ウェイリー！）
私が好きな人は愛を求めに来ない―
　ヘイ、ウィロー、ウェイリー、オー！
　　私が好きな人は
　　愛を求めに来ない―だから、
ヘイ、ウィロー、ウェイリー、オー！（四二）

結婚を迫る見知らぬ紳士と、その求婚をきっぱりと断るペイシェンスのやりとりがデュエットで歌われているが、この歌は"Where are you going to, my pretty maid"で始まる伝承童謡（nursery rhymes）を思い起こさせる。乳搾りの乙女としてペイシェンスが設定されていることも、この伝承童謡との連想を掻き立てるが、この童謡の最初と最後のスタンザは次のようになっていて、見知らぬ紳士に対して、結婚する意志がないことをはっきりと伝える乳搾りの娘のことが歌われている。

Where are you going to, my pretty maid?
　I'm going a-milking, sir, she said,
Sir, she said, sir, she said,

I'm going a-milking, sir, she said.

…

Then I can't marry you, my pretty maid.
Nobody asked you, sir, she said.[19]

…

かわいこちゃん　どこへいく？
ちちをしぼりに　まいります
ちちをしぼりに　みしらぬおかた

…

それじゃおまえと　けっこんできぬ
してくださいとは　だあれもいわぬ
だあれもいわぬ　けちなおかた[20]

グロヴナーはペイシェンスの「幼なじみ（四三）」（"little playfellow," 173）で、十五年後に再会し、彼女に「ずいぶん大きくなったわね！（四四）」（"And how you've grown!," 173）と言われるが、大きくなったのは体格だけで、グロヴナーが披露する詩歌は十五年前の「子守り部屋の歌」、つまり伝承童謡の段階のままであるようだ。乙女達に求められてグロヴナーが朗読する二つの詩、「やさしいジェインは、この上なくよい子で…（七〇）」（"Gentle Jane was good as gold. …" 182-183）と「いたずらトムは、とっても悪い男の子…（七一）」（"Teasing Tom was a very bad boy. …" 183）は、「単純明快で、なかなかのものです——赤ん坊でも分かりますよ。鑑賞するのに、頭を使う必要など全くないのです（六九）」（"a pure and simple thing, a very daisy—a babe might understand it. To appreciate it, it is not necessary to think of anything at all," 182）とグロヴナー自身が説明しているように、教訓を含んだ子供向けのものである。また愛していても互いに求め合うことができない皮肉についておとぎ話風に歌われる「磁石と攪乳機」にしても、ギルバート自身の挿絵（七三頁）が示すように、惹かれ合うことのない愛の世界を、面白おかしく子供でも判るように比喩的に述べたものといえよう。

バンソーンの肉感的かつ身体的な複雑な詩とは違って、グロヴナーの詩には「幼稚で功利主義的な内容が一杯詰まっている」[21]。変身したグロヴナー自身が最終的に宣言しているように、彼は本質的には、「ありふれた若者（九九）」（"an every-day young man," 194）なのである。ライバル関係にあった両詩人のうちで、「ありふれた」詩の世界が勝利することでこのコミック・オペラの最終的なユーモアが成立している。相思相愛のペイシェンスとグロヴナーが結ばれ、そして乙女達と軍人達もよりを戻して結婚することになり、サヴォイ・オペラの観客の大部分を占めていた中流階級《ミドルクラス》の価値観に合致する形の大団円で幕が下りるのである。

　この作品に登場する審美派詩人のモデルに関して、レンは、ワイルド、ホイッスラー、スウィンバーンを混ぜ合わせたものがバンソーンの原型イメージであり、モリスとペイターをミックスしたものがグロヴナーの原型イメージであったと述べている。[22] しかしホイッスラーは詩人ではなく、またワイルドは『ペイシェンス』のアメリカ公演のために華々しい宣伝活動を行ない、バンソーンのイメージに自分を重ね合わせるような奇抜な服装と言動で講演を行なったのはよく知られているが、オリジナルの原作テクストの中にワイルドのイメージを見つけることは難しい。また「ありふれた若者」として天真爛漫で幼稚な詩を書くグロヴナーの中に、審美主義の芸術を実践したり、原理を提唱したモリスやペイターのイメージを重ねることも無理であり、ギルバートがモリスやペイターを読んだ上でグロヴナーをイメージしたとは考えにくい。原作テクストの詩句から見る限りでは、バンソーンが書く詩のスタイルにスウィンバーン風の詩のパロディが認められるだけである。

5 結び

『ペイシェンス』は、ギルバートとサリヴァンが共同制作したサヴォイ・オペラの中で、「当時の極めて時事的な話題をテーマにした最初の作品」[23]であった。一八八一年の初演時に興行主ドイリ・カート（D'Oyly Carte）が作成した宣伝のチラシには、「『ペイシェンス』の作者達は本当の審美主義の精神をあざ笑う気持ちはありませんでした、ただ、その真似の変装をして繰りひろげられている数々の女々しい奇行を攻撃したいと思っただけなのです」[24]と書かれていた。たしかに『ペイシェンス』において、中世風の服を着て花を愛でる長髪の女々しい詩人や軍服を棄ててファッショナブルな服に身をやつす軍人といった、審美主義者を真似た「数々の女々しい奇行」が徹底的に揶揄されており、それが当時の観客の大いに気に入るところとなり、興行的にも大成功を収めたのである。

「本当の審美主義の精神」を体現する詩人がこの作品に登場しないのは、上に引いた宣伝用のチラシからも明らかであるが、スウィンバーン風の詩のスタイルがパロディとして効果的に用いられていることについてはすでに指摘した。そのスウィンバーンが「芸術のための芸術」という用語を広めたことも先に述べたが、しかしその彼は「審美主義」（"aestheticism"）や「審美的」（"aesthetic"）という言葉を著作においてはほとんど使っていない。むしろこれらの言葉はペイターが愛用する用語であった。『ペイシェンス』で重要な役割を果たしている「審美派の詩人」(“aesthetic poet”) という表現に極めて近いものとして、ペイターのエッセイのタイトル、「審美派の詩」(“Aesthetic Poetry”)[25] を挙げることができる。

ペイターは代表作、『ルネサンス』の「序文」(“Preface”) で審美主義批評について、「『対象物それ自体をあるがままに見ること』が、真の批評のまさに目的であると言われてきたのは正しいことであった。審美主義的批評においては、対象物をあるがままに見ることへの第一歩は、自分自身の印象をあるがままに知り、それを他と区別して、はっきりと認識することである」[26]と述べている。バンソーンの詩のタイトル「ああ、空ろだ！ 空ろだ！ 空ろだ！（一二三）」(“Oh, Hollow! Hollow! Hollow!,” 165) を聞いて、狩りの時に発せられる“hulloa”を連想して[27]、「それは狩りの時の歌ですか？（一二三）」(“Is it a hunting song?,” 165) と問いかけ、朗読を聞いてから「私にはナンセンスのように思えます（一二五）」と応えるペイシェンスは、ペイターが述べていたように、「自分自身の印象をあるがままに知り、それを他と区別して、はっきりと認識」しているといえる。「審美的」という流行のファッションに振り回されている他の登場人物とは違って、自分自身の印象や考えをもって行動するペイシェンスは、ペイターが定義する真の審美主義的批評家としての素質をもっているといえよう。

バンソーンが披露するスウィンバーン風の詩は、ハイ・カルチャーとしての“high aestheticism”とポップ・カルチャーとしての大衆向けの“low aestheticism”が入り混じったパロディであり、そして竜騎兵達が歌う「歴史上著名なすべての人」の歌は、歴史に名を残した有名人達の業績と名前のパスティーシュであるといえる。また乳搾りの娘、詩人、軍人、貴族といったさまざまな階級の人物が登場して交錯し、ストーリを展開させているのが『ペイシェンス』である。『ペイシェンス』を含むサヴォイ・オペラの諸作品は「審美的歴史主義」("aesthetic historicism")のユーモアに関する素晴らしい実験なのではないかと、ウィリアムズは指摘する。(28)つまり、歴史的に存在するあらゆるテクストやジャンルがパロディやパスティーシュの材料として用いられているのがサヴォイ・オペラなのだ、というわけである。サリヴァンの音楽にしても、伝承童謡、つまり、マザー・グースのメロディからバラッドや古典音楽に至るまでのさまざまなジャンルのメロディで作り上げられている。そしてその美しいメロディにギルバートのユーモラスな歌詞が載せられて、日常の世界を超越した不思議な舞台空間として展開するのがサヴォイ・オペラなのである。それは、「審美派の詩」の中でペイターが指摘する「地上の楽園」("the earthly paradise")(29)のようなものとして現出し、人々を魅了するのである。ペイターが唱える審美主義の要素が、地上の楽園という変容された世界として『ペイシェンス』中に見られるのは興味深いことである。

注

（1）国際ギルバート&サリヴァン協会（The International Gilbert & Sullivan Association）が毎年、夏にフェスティバル（G & S Festival）を英国、ダービーシャー（Derbyshire）の高原地帯にある小さな町バクストン（Buxton）で開催している。筆者は昨年（二〇〇五年）この地を訪れたが、オペラ・ハウスを中心にして第十二回のフェスティバルが七月三十日から八月二十一日までの間、開

毎年夏に開催されるG & S Festivalでサヴォイ・オペラ作品が上演されるバクストンのオペラ・ハウス（2005年８月、筆者撮影）

催されていた。多くのサヴォイ・オペラ作品が上演されていたが、『ペイシェンス』はこの年は演じられなかった。詳細は国際ギルバート&サリヴァン協会発行の*G & S Festival News*（February, 2005）を参照。今年の第十三回フェスティバルでは、『ペイシェンス』が上演され、日本の秩父市からやってきた市民オペラ・グループによる『ミカド』も演じられたとのことである。詳細は*G & S Festival News*（June, 2006）を参照。

（2）Ian Bradley, *Oh Joy! Oh Rapture!: The Enduring Phenomenon of Gilbert and Sullivan*（Oxford and New York: Oxford University Press, 2005）, p. 3.

（3）*The Complete Annotated Gilbert and Sullivan*, ed. Ian Bradley,（Oxford: Oxford University Press, 1996）, p. 268.

（4）Jane W. Stedman, *W. S. Gilbert: A Classic Victorian & His Theatre*（Oxford: Oxford University Press, 1996）, p. 184 n52.

（5）John Ruskin, "Letter 79: Life Guards of New Life," *Fors Clavigera* 7（July 1877）, in *The Works of John Ruskin*, ed. E. T. Cook and Alexander Wedderburn, Library Edition, 39 vols.（London: George Allen, 1903-12）, 29: 160. 尚、ホイッスラーがラスキンを訴えたこの裁判については、Linda Merrill, *A Pot of Paint: Aesthetics on Trial in Whistler v. Ruskin*（Washington and London: Smithsonian Institution Press, 1992）に詳しい。

（6）W. S. Gilbert, *The Complete Plays of Gilbert and Sullivan*. Illus. W. S. Gilbert,（New York: W. W.

Norton & Co., 1976), p. 157.『ペイシェンス』二頁。以下、『ペイシェンス』を含むサヴォイ・オペラ作品からの引用はこの書物に拠るものとし、括弧の中にページ数のみを入れることにする。漢数字は本訳書におけるページ数を示す。尚、入手可能な『ペイシェンス』の映像資料（VHS, DVD）として、①"Opera World"のサヴォイ・オペラ・シリーズのひとつとして作成されたもの（一三〇分、一九八二年）と②Opera AustraliaがThe Sydney Opera Houseで上演したもの（一一七分、一九九五年）がある。①はビデオ用映画として制作されたもので、冒頭部と幕間に作品の背景などの説明が専門家（Douglas Fairbanks, Jr.）によってなされている。②はライヴの上演を録画したもので観客の反応がよくわかる。ペイシェンスは強い訛りの英語を話すが、バンソーン、グロヴナーも含めた役者たちの演技が秀逸で、楽しい作品に仕上がっている。

（7）Jonathan Freedman, *Professions of Taste: Henry James, British Aestheticism, and Commodity Culture* (Stanford, California: Stanford University Press, 1990), p. 102. 一八七〇年代後半から一八八〇年代前半にかけての英国社会における審美主義風ファッションの熱狂振りやこのフィーバーを揶揄の対象にした『パンチ』誌や芝居などの状況については、Stedman, pp. 181-183を参照。デュ・モーリエ（George Du Maurier, 1834-96）が描いた『パンチ』誌掲載の女性的な審美主義者達の絵については、例えば、Dennis Denisoff, *Aestheticism and Sexual Parody, 1840-1940* (Cambridge: Cambridge University Press, 2001), pp. 44, 46, 74, 80を参照。また、谷田博幸、『唯美主義とジャパニズム』（名古屋大学出版会、二〇〇四年）の特に「第Ⅲ部、唯美主義運動」（二六二頁―三二七頁）では、英

国における審美主義の動きと『パンチ』誌や画壇との関係、『ペイシェンス』とワイルド等について、数多くの図版と共に、詳しく解説されている。

（8）当津武彦編、『美の変貌 西洋美術史への展望』（世界思想社、一九八八年）、一四四—一四五頁、および、小田部胤久、『象徴の美学』（東京大学出版会、一九九五年）、二八頁参照。

（9）"aesthetic"の訳語としてわが国では、フランス語（"esthétique"）の訳語から発した「（審）美学」の他に、「審美主義」、「唯美主義」、「耽美主義」、「芸術至上主義」、「エステ（ティーク）」等さまざまな表現が用いられている。『広辞苑』（第五版）の「美学」、「耽美主義」、「エステティーク」の項参照。

（10）Elizabeth Prettejohn, "Introduction" to her edited *After the Pre-Raphaelites: Art and Aestheticism in Victorian England*（New Brunswick, New Jersey: Rutgers University Press, 1999）, p. 3.

（11）*Ibid*., p. 4.

（12）"Aesthetic Poetry" included in Harold Bloom ed., *Selected Writings of Walter Pater*（New York: Columbia University Press, 1974）, pp. 190-192.

（13）Gayden Wren, *A Most Ingenious Paradox: The Art of Gilbert and Sullivan*（Oxford: Oxford University Press, 2001）, p. 103.

（14）*Ibid*., p. 104.

（15）Andrew Crowther, *Contradiction Contradicted: The Plays of W. S. Gilbert*（London: Associated University Presses, 2000）, p. 120.

（16）A. C. Swinburne, *The Poems of Algernon Charles Swinburne*, 6 vols.（1904: rpt. New York: AMS Press, 1972）, I, 272.

（17）Carolyn Williams, "Parody, Pastiche, and the Play of Genres: The Savoy Operas of Gilbert and Sullivan," included in Jennifer A. Wagner-Lawlor ed., *The Victorian Comic Spirit: New Perspectives*（Aldershot, Hampshire: Ashgate Publishing Ltd, 2000）, p. 5.

（18）*Ibid.*, p. 5.

（19）Iona and Peter Opie, eds., *The Oxford Dictionary of Nursery Rhymes*（Oxford: Oxford University Press, 1951; 1980）, pp. 281-282.　本書の解説（pp.282-283）に書かれているように、この伝承童謡のもと歌は十七世紀以前に遡る古いもので、乙女に言い寄る男とその乙女とのやりとりを扱った内容であったが、十九世紀になって子供向けに「注意をはらって書き換えられた」のである。次注の谷川訳、『マザー・グース4』の「原詩と解釈」（pp.49-50）も参照。また、Iona and Peter Opie, eds., *The Puffin Book of Nursery Rhymes*（London: Penguin Group, 1963）, pp. 156-157には、「乳搾りの乙女の財産」（"The Milkmaid's Fortune"）というタイトルでこの歌の別のヴァージョンが次頁のような挿絵と共に載せられているが、この挿絵と『ペイシェンス』でギルバートが描いている絵（四二頁）には類似性が見られる。このことからも、グロヴナーの歌が伝承童謡に通じるものであることは明らかである。

(20) 谷川俊太郎訳、『マザー・グース4』(講談社、一九八一年)、四四―四五頁。
(21) Williams, op. cit., p. 7.
(22) Wren, op. cit., p. 101.
(23) *Ibid.*, p. 100.

「乳搾りの乙女の財産」の挿絵

(24) Baily, *Gilbert and Sullivan Book*, 179, quoted in Crowther, op. cit., p. 119.

(25) このエッセイは、本来ペイターが一八六八年に匿名で発表した書評論文の前半部分であったものを、一八八九年に「審美派の詩」というタイトルで出版したものである。

(26) Donald L. Hill, ed., *The Renaissance: Studies in Art and Poetry* (Berkeley: University of California Press, 1980), p. xix.

(27) Williams., op. cit., p. 5.

(28) *Ibid*., p. 2.

(29) "Aesthetic Poetry," p. 190.

あとがき

アメリカで生まれて発展したミュージカルはいまなお世界中の人々に楽しまれているが、歌とダンスを用いたこの音楽劇の有力な源流とされているのがサヴォイ・オペラである。しかしサヴォイ・オペラに対する現代の人々の反応は、発祥の地と他の国とでは同じ英語圏といっても、微妙な違いがあるようだ。イギリスでは、このオペレッタの愛好者は圧倒的に中流階級《ミドルクラス》の人々であるが、ギルバートの書いたコミック・オペラは悪ふざけが過ぎているうえに、大英帝国を世界の中心として賛美しているとして、不快感を示す人々がいるのに対し、アメリカでは若い世代の間でも作品がイギリス以上によく知られており、さらに、高級芸術《ハイアート》としてインテリ層に根強い人気があるとのことである。(Bradley, 2005, pp. 14-18.)

それでもやはり以前ほどではないにせよ、今でも学校で児童や生徒の学芸会の出し物によく取り上げられるのがサヴォイ・オペラ作品であり、英米の大学にはサヴォイ・オペラ愛好会のようなクラブが存在している。文芸批評の碩学であったカナダ人のノースロップ・フライも二十才の学部学生時代(一九三二年)に、大学の音楽クラブが公演した『ペイシェンス』についての劇評を学生文芸誌に書いている。（*Collected Works of Northrop Frye*, Vol. 17, 2005, pp. 229-231.）

最初の作品が発表されて百数十年が経過した現在でも各地の愛好家によって演じられているサヴォイ・オペラには不思議な生命力があるようだ。ギルバートの書いた台詞にはユーモラスな脚韻や語呂合わせがふんだんに使われていて、荒唐無稽なストーリと共にそれがサリヴァンの多様なジャンルに亘る美しいメロディに載せて歌われるとき、人々はその言葉とメロディの組み合わせの妙に惹かれるのかもしれない。

本書はそのようなサヴォイ・オペラ作品のうちのひとつ、『ペイシェンス』の台本を翻訳したものである。上で述べたような、ふんだんに用いられている脚韻や語呂合わせ、そして言葉とメロディの組み合わせの妙といった要素は、ほとんど翻訳不可能であり、この作品に興味をもたれた読者は「解説」の注（6）で紹介したようなビデオやDVDで、是非、作品を鑑賞されることをお勧めしたい。また第一幕で竜騎兵連隊士官が早口で歌うパター・ソング（「歴史上著名なすべての人」）などで言及されている時事的な内容に関しては、当時の聴衆には自明であっても、百年以上も経過した今では不明になっているものがあったことをお断りしておく。翻訳に際しては、注記したようにノートン版を定本とした。またブラッドリーが編纂した注釈付き全集版からは多くの教示を得たことを感謝したい。

本書は三名の訳者の共同作業によって実現した。二〇〇三年十二月に筆者が翻訳の構想を提案し、他の両者の賛同を得て、分担箇所等について相談しながら翻訳の作業を進めた。最初の数回は共訳者が集まって、作品の音声テープを聴きながら台詞ごとに詳しく検討する機会をもつことができたが、諸般の事情で各自が忙しくなり、共通の時間をもつことができなくなった。各自の分担箇所をメールでやりとりをし、何回かに分けてそれをまとめ、確認をとりながら作業を進めた。翻訳書としての訳語や構成、その他の形式の統一を図るために、最終的なまとめの作業は筆者が担当した。「解説」は本務校の紀要に発表したものに修正を施したものである。以上のことから、本訳書の責任は筆者が負うべきものである。本書をきっかけにして、サヴォイ・オペラや『ペイシェンス』に対する興味や関心が高まればと念じている。最後に、出版に際していろいろとお世話になった溪水社、木村逸司社長、ならびにこまごまとした要望に応じて細やかな配慮をしてくださった編集部の西岡真奈美さんに心から御礼申し上げます。

二〇〇六年十二月三十日、上村盛人

訳者紹介

上村　盛人　滋賀県立大学教授

上岡サト子　大阪国際大学非常勤講師

山本　　薫　滋賀県立大学専任講師

ペイシェンス

平成19年2月10日　発　行

著　者　W・S・ギルバート

訳　者　上村盛人・上岡サト子・山本薫

発行所　株式会社 溪水社

広島市中区小町1－4（〒730-0041）

電　話（082）246－7909

ＦＡＸ（082）246－7876

E-mail: info@keisui.co.jp

URL : http://www.keisui.co.jp

ISBN978-4-87440-962-6　C0097